しっぽな、コレ

ステキな奥さん ぬははっ 4

伊藤理佐

朝日新聞出版

PART① 妻なアタシ

PART② 母なアタシ

PART③ 私なアタシ

四コマ漫画

特別付録漫画

装幀：弾デザイン事務所（渋澤 弾、西出明弘）

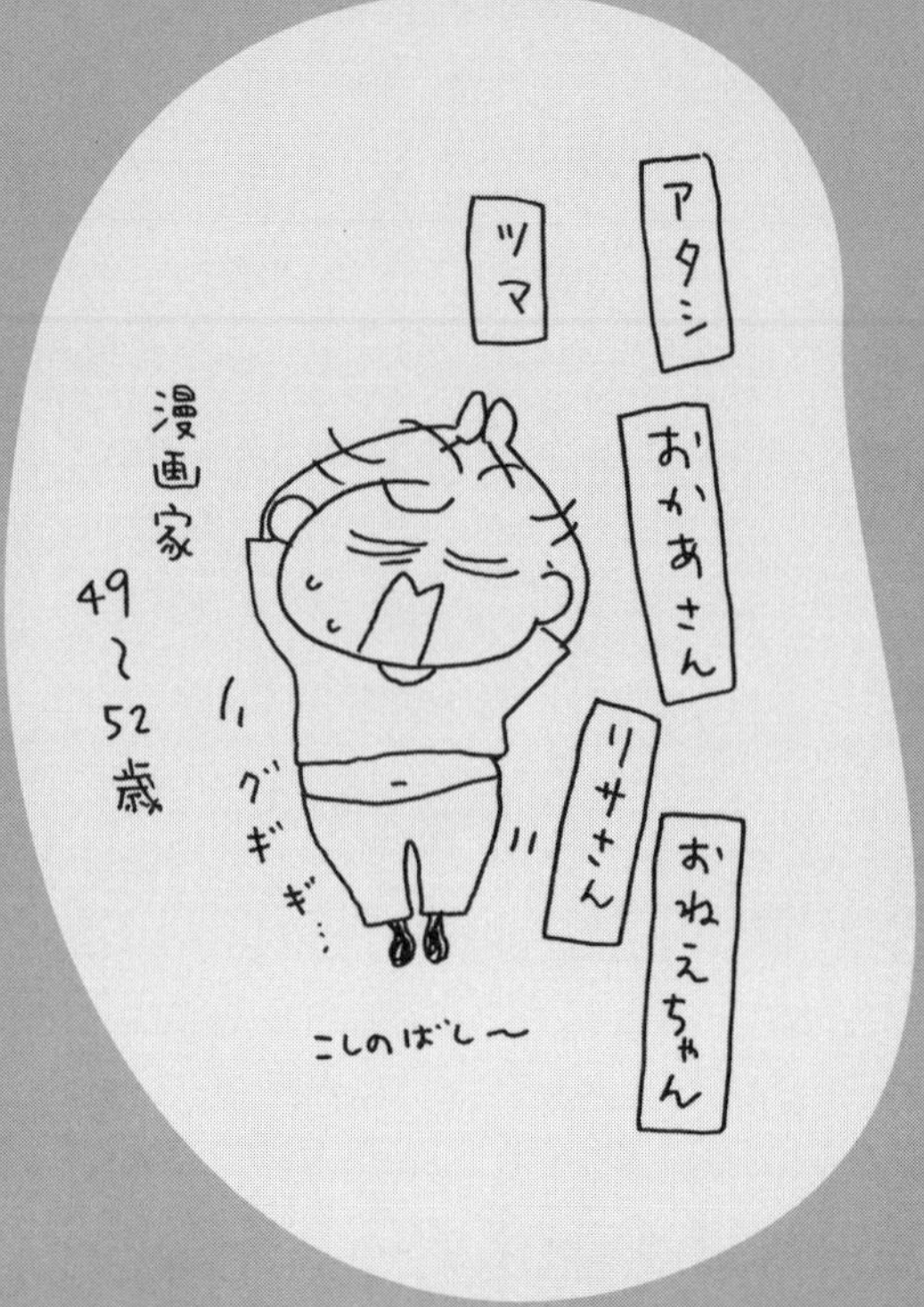
アタシ
ツマ
おかあさん
リサさん
おねえちゃん
漫画家
49〜52歳
グギギ…
こしのばし〜

ムスメ
小学4年生
6年生
もうすぐ12歳
はんぷくよことび

ヨシダサン
ダンナサン
おとうさん
おにいちゃん
吉田戦車
漫画家
55歳〜58歳
ぜんくつ

PART① 妻なアタシ

好きな男を並べてみた。
・ダニエル・クレイグ
・山田《やまだ》 孝之《たかゆき》
・安住《あずみ》 紳一郎《しんいちろう》
・吉田《よしだ》 戦車《せんしゃ》

ひとり、夫がまざっていますがお許しください。ここ5年ほど好きなので「5年モノ」になる。勝手に並べて、勝手を言いますが、

「な、な、なんてまとまりのないメンバーなんだーーーっ」

と、山頂から叫《さけ》びたくなる。ヤマビコが「だーっ、だ

ーっ」と、かえってくる。共通点が見つからない。節操《せっそう》がない。とっちらかっている。この並びはなんだ。どうして好きなのか。この人たちはわたしの何なのだろう。

ある意味、この人たちは「チーム・イトウ」なのだ。

どこかと試合したらボコボコに負けそうだが、思う、これは好きな男の話でなく、「自分研究」なのだ。

「スーツ、では？」

フッと、脳に降りてきた。

共通点＝スーツ。ほら、ダニエルは007だし、山田はジョージア、安住は本物のサラリーマン、しかしああ、吉田がスーツじゃないい～……

困って、最近好きになった人もまぜてみた。

・ヒョンビン（愛の不時着の）

・BTS（特に、V）

・柚香《ゆずか》光《れい》（宝塚花組）

ひとり、女性がまざっていますがとてもカッコイイのでお許しください。どうして好きだ？　1週間考えた。

「スーツ、軍服、では？」

脳に落ちてきた。ヒョンビンは北朝鮮の大尉《たいい》だし、BTSはFNS歌謡祭でスーツで踊っているのを見てからだし、柚香光は「はいからさんが通る」の軍服だもの。

しかしまた！　吉田がそうじゃない、吉田だけちがう。

また1週間考えた。

「ダンス、では？」

が、きた。わたし「踊る人」に弱いんじゃない？　だって、BTS、柚香光は、ものすごく踊っている。山田も安住もなにかで踊ってた。しかしあああ、ダニエルとヒョンビンと吉田はどうなの、踊ってない、特に吉田はまったく踊っていない。スーツでも軍服でもない。また吉田があてはまらない。まだ考えている。

　吉田にはしっかりして欲しい。

熟年のツブヤキ

これは
朝日新聞にのっている連載です
『オトナになった女子たちへ』というタイトルで益田ミリさんとコウタイで…
二週間に一回…
登場人物は
ヨシダサン
ムスメ
猫2匹
あいかわらずなメンバーですみません…
でも、まー変わってもねー
タイヘンッッ
キャハハ
減っててもねー
タイヘンッッ
最近ひとり言がでかい気がする…

ラジオ、電源チャレンジ

朝、台所のラジオの電源が、つかないったら、つかない。電源ボタンがゆるくなって、ただ強く押してもダメ、1回強く押した後にフッ……と、やさしく押してやっとこ、ついていた。春、この押し方でもダメになってきた。食器棚の上に置いてるんだけど、少し背伸びしながら、

「来いっ」

と、乱暴にしたり、

「大丈夫だよ〜」

とかテキトウ言って、ほほえみながら押す。これは不《ぶ》気味《きみ》だ。今日は、

「ぐぬる〜〜」

と、擬音語《ぎおんご》でチャレンジ。それを味噌汁《みそしる》の味噌を食器棚のお隣《となり》の冷蔵庫からパカッと、出しながらヨシダサンが、

「そのラジオ、キライ」

と、悪口言った。ちょっと！ ラジオに聞こえるでしょー、もっとつかなくなるでしょーー、

「悪口やめてっ」

これは緊急地震速報が入るヤツで、必要なんです、とラジオをかばう。それがイヤなの、と言われる。

お昼12時に試験放送がある時、勝手にスイッチが入って、急な爆音《ばくおん》にビックリするんだよ、だいたい台所でお昼食べててさ、お椀《わん》おとしそうだわ！　でもさ、本物の大地震きたらさ！　わかってるけどさ！　なにさ！　にてさ！　やいてさか?!　と、朝からモメモメ。ラジオに電源ボタンが入らないということは、こんなにもなにか、なのだろうか。

ところが、この夏。

スッと、電源がつくようになった。最近、試験じゃない本当の緊急速報がなんどか流れた。そしたら、通りがよくなった？　フツーにつくようになったのだ。

思い出した。熊本地震の時もそうだった。前にも電源ボタンがつきづらい時があったんだ。何度も緊急地震速報が流れて、ウワーッてなるのに、東京は揺《ゆ》れなくて、なんか変な気持ちだった。朝のラジオがつきやすくなって、楽《らく》になって、申し訳ない気持ちになった。電源ボタンがつきやすくてさみしい、なんて。ラジオの電源つきづらいほうがいい、なんて、こんな気持ち、なかった。そういえば今日、ヨシダサンが熊本城のイラストのTシャツででかけた。一緒に思い出したのかな、って思った。

消す時は
コードを
抜きます
（もう一回さす）
やさしく
ニコ
ほほえんで……
ついでに
その棚に
入っている
ゴハンください
ください
のり
ブチッ

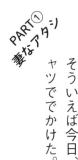

ポッケいっぱいのベスト

「本当はアレが着たい」

と、言うのである。顔を赤《あか》らめて。ヨシダサンが。アレとは、ポッケのいっぱいついたベスト……と言ったら伝わるのだろうか。ほら、外ポッケ、内ポッケがたくさん、ハンカチティッシュ、鍵、小銭、入るなら小さい水筒、猟師《りょうし》なら鉄砲の弾《たま》、釣り人ならミミズ？　たいへん便利そうなアレだ。しかし、わたしは言いたい。

「そんなに便利になりたいかっ」

と。山があったら叫《さけ》びたい。

「まだ、早い！」

と。コダマよ、リフレインをたのむ！と。アレを着て、手ブラで歩きたいそうです。山ならいい。川でもいい。海もいいね。ただ、この東京の住宅街の道は、どうだろう。いや、わたしの感覚が古くて、もうすでに原宿でハヤっているのかもしれない。しかし、

「原宿のことは知らん！」

と、今度は海に叫びたい。本当に知らない。布地は網々《あみあみ》がいいらしい。夏バージョン。忍者みたいなヤツか。鏡を見たら自分、三白眼《さんぱくがん》だった。

岩手の父、母が着ている。二人はかなり本格的なウォーキングをするので、とても似合っている。長野の父も着ている。農作業をするのでとても似合っている。年代を変えないと。生きる場所を変えないと。で、まだ早い、と。

そんな時に、絵本を紹介する雑誌で、かわいいカンガルーさんがそんなベストを着ているイラストを見た。読みかけの本、クッキー、シャボン玉、花の種、思い出の写真……かわいいものをいーっぱい、ポケットに入れて朝のお散歩をしていた。すごい。完《かん》っ璧《ぺき》に着こなしている。カンガルーさんの目はキラッキラだ。

あああ、そうか。ベストは「便利」じゃなくて「メルヘン」だったのか。メルフェン。ヨシダサンはポッケに何を入れるのか。ウルトラマンは確実だな。ゴジラ入るかしら。内ポケットには何の文庫本？　お気に入りの手《て》拭《ぬぐ》いは？　あれ？　家族写真の類《たぐい》は入れてくれるかしら。思い出のアレは……なんか別の心配が出てきた。

鏡を見たらまた、三白眼だった。

わたしの「未知《みち》」という名の、真っ黒い宇宙には、「算数」とか「物理」とかが浮かんでいる。もちろん「英語」も浮かんでいるが、ちがうほうを見ると、「会社人」とか「経理」「総務」などの職種もプカプカしている。

「なにをするのかわからない」銀河、キラキラの天《あま》の川《がわ》。その壮大な川の中に「運動部のマネージャー」がある。サポートされたい体質のわたしに、人をサポートする気質は、永遠のゼロ。チャレンジしても、レモンの蜂蜜《はちみつ》漬けタッパーを監督のアタマにぶちまけたりする。きっとする。

　こんなわたしが、この夏、野球部のマネージャー気分を味わった。大工さんがやって来たのだ。

　つーか、呼んだのはわたしだ。10日間の強化合宿となった。いえいえ、押し入れの改装を3カ所頼んだら、「10日間かかります」と言われたのだ。大工さんに出す10時と3時の「おやつ」が、わからないのだ。

　押し入れは家の中だけど、木を切ったりの作業は、外の駐車場。東京、連日、34度。勝って欲しい…じゃなくて、作って欲しい。大工さんは60歳手前だろうか。お一

マネージャーの夏

こういう時
かわいいカゴに入れちゃう
わたしの
ちっさな乙女部分…

人でやってくる。出し過ぎもちょっと。何種類かカゴに入れてさ、毎日少し入れ替え、してさ。

「お煎餅《せんべい》は、入れよう」

ヨシダサンが「煎餅」に「お」をつけた。個別包装、源氏《げんじ》パイ、一口羊羹《ようかん》、手をつけやすいヤツね、ウェハース系もイイネ。自分が食べるみたいにキラキラしている。相談してよかった。毎日ウェハース系が減る。人気。お好きなのね。増やす。

カゴの中はちょっとした「俺の作品」。「当てた感」が楽しい。えらいなあ、と思うのは、その日のゴミを全部持って帰るのです。植木屋さんもそうだ。なので、ショック、うちのゴミ箱にウェハースのゴミがあった時、ヨシダサンが「作品」に手を出したことが判明した。食ってた。カゴをさげる時、ちょうだいしてた様子。ウェハースが好きなのはヨシダサンだった。

わたしの夏は終わった。しかし、押し入れは立派に改装された。

「いかのおすし」会議

「いかのおすし」を、初めて聞いた時の気持ちを忘れない。
いかない
のらない
おおごえをだす
すぐにげる
しらせる
の、標語なのだ。子供達が自分を守るのだ。学校からお便《たよ》りが配られた。
「いかのおすし……」
おもわず、言ってみる。特に反対でもないが、なんだ

コウカイしないように
いかない
のらない
おおごえをだす
すぐにげる
しらせる
どう？
コウイカうまいよな
ゴロわるいよ

か賛成でもない。なんか、

「他には、なかったのだろうか」

なのだった。我が家の夜の会議にかけられた。まず、

「わたしたち夫婦は、イカのお鮨《すし》、大好き！」

宣言から始めた。イカは、もう一回たのむほど好きだ。最初に刺し身、も大好きだ。しかし、こんな似たような2人じゃ、イカ以外の案が思いつかない。お酒を飲んでいるからだろうか。イカが食べたくなってきたんですが？（以後、質問はリサ）

「干《ほ》したのならあるが」（ヨシダサン。以後〈ヨ〉）

――いかのおすし決定時も会議が開かれたと思いますが？

〈ヨ〉「都庁の何階かでね」

――いや、これ全国版では？

〈ヨ〉「まさか。コレ、江戸前鮨《ずし》でショ」

――東京湾の話ですか？

などの、質疑応答のあとに、

「子供はイカとお鮨が好きだから、という意見が出たのでは」と、なった。

「イカ好きならいっか、って、だれか言ったよね」

「長時間の会議に疲れて」

多数決をとったはず……

この「どうして、いかのおすし？」会議、けっこう全国の各家庭、夫婦の間で開かれたのではないか。そして、それも計算ずくの「いかのおすし」ではなかったのか。

わたしの脳内役所の人が、

「ダサイくらいが心に残るんですよ。みんなが『他になかったのか？』って思うような、ね」

と、言っている。

しかし、わたしはいると思う、「いかのおすし」以上の標語を思いついた夫婦が。それはどんななのか。お鮨なのか。パンなのか。なんなのか。知りたい。もう我が家では「いかのおすし」以外は考えられない。

ショック療法!?

地方しんぶんを とっている～
隔週金曜日に掲載紙を買いにいく長野の父…
コンビニに。
これはボケ防止ね
アハハー
朝日新聞
でも、まちがえて益田ミリさんの週買っちゃってサ
うんうん
それがとても面白かった時の
お父さんのショック…!!
わかる!?
わたしわるくないけど…
ご、ごめん
ボケ防止ってことでよろしく…
そして、この話、何回め!?

パリ。シャルル・ドゴール空港。そこで生まれたあの名言、

「やっと逢《あ》えたね」

が、料理に使えることが判明した。残り物の焼き鮭《じゃけ》と、いただきもののイクラの塩漬けをご飯にのせていたムスメ（9）が、

「これ、親子だね！」

と、ウレシソウにした。その時、

「やっと、逢えたね」と、ヨシダサンが言った。パリから急に日本ですみません。ちょっとモノマネも入っているんだけど、それが似ているかは不明。しかし、それから「やっと逢えたね」ブーム。カリフラワー、枝豆、エノキ茸《だけ》、サトイモ、ふだん出逢わない（みんな残り物）に、チーズをかけて焼いた（ヨシダサン作）に、

「やっと、逢えたね」

と、すかさず言ってみる。妙においしかったのだ。すき焼き残る鉄板で、ソーセージを焼いた時、

「やっと、逢えたね」

と、言って、おいおい、

「牛と豚、ですが？」

と、ヨシダサンに指摘さるるも、でもさ、昔、牧場で逢ってて、久しぶりだったかもしれない、で、セーフ、となった。そんなある日。

「鮒《ふな》ずし」を、いただいたのだ。忘年会の日本料理やさんから、宝物のように渡された。わたしは「お鮨《すし》」と思って波平《なみへい》のようにプラプラと帰宅したのだが、寝酒《ねざけ》中のヨシダサンが目を剝《む》いた。

「滋賀で一回しか食べたことない!」

飲んでいた赤ワインで一口《ひとくち》。すっぱいらしい。わたしの風呂中に日本酒にかえて、いただいている。「もうちょっと」という感じで、次は「ぬる燗《かん》」にしている。でも「なんかもう少し」らしい。次の日の朝。あっついお湯をかけてお茶漬けにしているヨシダサン。目、つむってるよ。あ、言いそう……。

「やっと、逢えたね……」

ああ、それ、鮒ずしも同時に言ってそう……。

「あんまりステキな話じゃないが」と、そっと教えてくれたのだが、数時間後、口の中で残っていた鮒の卵がヒヨイとでてきて、その時は、

「また、逢えたね……」と、言ったらしい。

勝手口を出た右側に物置《ものおき》がある我が家なんである。「勝手口」と「物置」がある、っていうと、まるで大きい家みたいですが、いえいえ、違いまして、超売れっ子漫画家さんのムスメさんがうちに遊びに来た時、

「これくらいの大きさ、落ち着く〜　ヒュー」

と、伸びをしたくらいの大きさ。すげー、ママに怒られていたけど。そんな家の物置、押し入れサイズ。

ガラッ　とサッシを開ける。「恥《は》ずかしくない」ものは、植木バサミ、ノコギリ、避難リュックなど。「少し恥ずかしい」のは、たくさんの豆の缶詰《かんづめ》（なぜ、こんなにも豆なのか）、大量の「2分でごはん」（と、呼んでいるレトルトご飯）、安い時に買いだめした洗剤（どんだけ得《とく》する気だ）だ。「かなり恥ずかしい」を発表すると、夢見て購入バーベキューコンロ（1回使用）、花見の時に自分だけラクしたい♡折りたたみの椅子《いす》四つ、長靴がいっぱい（畑、やってる？と、聞かれるくらいの）など、である。

缶、ビンのゴミの一旦《いったん》置き場にもしていて、最近ゴミ出す係のわたしは、しょっちゅうガラガラ開けている。

放置プレイ夫婦！
物置の神（イメージ）
よっ
ひさしぶり

台所をしきって3年
恵方巻きは
シュフの味方よね♥
おもいっきり
のっかります♥！
シェフと
シュフは
似てるね
ちなみにうちはカットします！
さいきん買いました♥
エプロン

眺《なが》める。なんだろう、何でも入れちゃってる風《ふう》でいて、なにか統一感があるのだ。部屋に戻って気づいた。あ、そうか、私物が無い、のだ。「家族で使う」ものが詰《つ》まっているのだ。と、いい話にしてみる。

で、バレンタインを利用してご機嫌《きげん》を取りたいわたしは、14日用チョコを買った。隠しておこう、チョコ溶けないところ……で、今の季節、物置だな、と、申し訳ないけど物置になじむよう、雑《ざつ》に置いてみた。毎年ギリギリで買ってるけど、今年は余裕を吹かした2月3日のことだった。節分の恵方巻《えほうま》きを買ってきたヨシダサンが、巻きの保管先で悩んでいた。冷蔵庫だとパサパサになるし、部屋は暖かいし、猫も敵だな、さて。

「あ、物置だ」

今の季節、物置だ、と。お茶を飲んでいたわたしは立ち上がった。

「ちょちょちょちょっとまったーー！」

チョコも恵方巻きも立派な「家族で使う」ものだな、と思う。

あと、ひといぬ

「あと、ひといぬ、どうですか」

「ひといぬ、いけますって」

と、実家にプレゼンしているのだ。「ひといぬ」は「一犬」で、「もう一回、犬」の意味で、長野の父、母76歳&77歳に、

「犬、飼えば？」

と、提案しているのだった。今、長野に犬はいない。5年……いや、もう7、8年の犬無し生活、だ。それまではわたしが子供の頃からずっと犬がいた。犬には「散歩させなきゃ！」という運動もついてくるし、父、母には「かわいい〜」と言ったり、思ったりする時間が足りない気がするのだった。しかし、返事はこうなのだ。

「ここから13年は無理っ」

「13年」とは、伊藤家代々の犬たちのだいたいの平均寿命で、「無理」とは、飼う人間のほうが生きてない、という意味なのだ。ちょっとちょっとちょっと、

「13年は、いけるでしょ」

声が小さくなる。声は小さいほうが「なんだって？」と耳を近づけてくれそうだが、電話だからか耳が遠くなったからか、聞こえてないみたい。早く説得しないと……

岩手の義理の父、母は、猫を一匹飼っていた。何年か前に死んでしまって、昨年父が亡くなり、初盆《はつぼん》だ。母、84歳。

「ひとねこ、どうですか」

「ひとねこ、いけますって」

と、……言えない。それは、飼っていた猫さんが24歳！ご長寿だったからだ。ひとねこ24年。単位がでかい。84歳＋24年は１０８歳……で、東京のヨシダサンは、うちの５歳と４歳の猫二匹を見て、

「最後の猫かなあ」

なんて言うのだ。

「ひとねこ18年として…」

うちは「18年」が一猫単位で、それはわたしが前に飼っていた猫二匹が死んだ歳《とし》なのだが、その単位でいくと……ヨシダサン70歳で二匹が死ぬとして（猫、そんなこと言ってごめん……）、そこからのもう「ひとねこ」（一匹なのか二匹なのか三匹なのか）で88歳。おお、米寿《べいじゅ》。めでたい。よし、イケル！

「おーい、もうふたねこ（今のを含む）で！」

よろしく！と、強く言っておきたい。

さいごの犬
ケンちゃんTシャツ
を、着て、
くつろぐ母の図
妹
死んだ時つくってあげたの
カメラやで…
たまにお茶かけちゃってあやまってるよね
写真

マスクが黒い、のは、「不良」か「コスプレ?」か「マッドマックス　怒りのデス・ロード」って感じだったが、今じゃうちのヨシダサンも黒い日がある。だれも振り返らないだろう。スーパーに出かけたよ。時代は変わったんだぜ……

と、このような感じで、マスクからいろいろ、教わっている。

①マスクは耳が痛くなる。

②マスクは手作りできる。

などもそうだが、

③マスク用ゴムがある。

なども、だ。半年前はそんなこと知らなかった。

「作ってみた～」「奥さんが作ったので」「実家の母が」「リネン洋服専門店が作ってみました1200円」「浴衣《ゆかた》の布で作ってみました2千円」と、もらったり、買ったりで、あっという間に布マスクの山ができた。いや、吊《つる》してあるので、いろんな品種のブドウ狩り農園みたいになっている。ほ、豊作じゃ～っ　という感じ。なにより、

⑥自分に「マスクに好み」がある。

を、知った。硬めのリネン、紐《ひも》ゆるめ、色は白っぽい

④けっこうみなさんつくる
⑤それが楽しそう
スゴイ
なんてのもいただきました
着物のハギレでつくった着物用
がに股…

もの、が好きなのだ。豊作なのに、そればっか選んでいる。「たくさんあるのに今日もそのTシャツ!?」と怒られる男子中学生のようだ。

「あ、つけてくれているんだ」

作った人と会う時にその人の作ったマスクをちゃんとしている人がいる。気のきく人はどんな時も気がきいている。教わる。

ムスメ（10）は、マスク、もうオトナのサイズ。大きくなったなあ。教わる。

岩手のおかあさんも手作りマスクを送ってくれた。ゴムが薄茶色《うすちゃいろ》で、伸びて太めで、耳に優しい。もうこういうゴムも売ってるんだと、見つめたら、こ、これは。ストッキングだった。手作り。こよっている。例の肌色《はだいろ》で、たぶん、おかあさんの「でんせん」したやつで。マスクをつけた息子（ヨシダサン）が気づいて、

「バ、バ、ババア！　あ、ごめん、でも！」

って、叫《さけ》んでいた。おかあさんのストッキングをほっぺにつけた時の気持ち。教わる。時代は変わったんだぜい。

テレビに「お片付け」の人が出ていた。「お片付け」のプロで、「お片付けアドバイザー」とテロップに出ていた。やりがいのある仕事です、と言っている。

「自分の家はもう片付いているので、片付けられません。散らかっている家は宝箱です。お片付け、大好き！」

うふっ、と言いながらニコッ、と笑っていた。おおお。

うふっ、ニコッ、かあ。

ふと、台所のカレンダーを見る。

「ダスキンさん」

と、書いてある。うちにくる「お掃除《そうじ》」の人だ。こちらは「お掃除」のプロだ。「水回り定期便」という名前で月一回、トイレ、お風呂、台所の三点セットをガーッとやって、ピカピカにして帰ってくれる。帰ってくれなかったら大変だ。いつも2、3人の大勢で来てくれる。

で、ダスキンさんがくる日の朝に、急に掃除をするオジサンとオバサンが現れる。わたしとヨシダサンだ。ダスキンさん用ダスキンだ。ざっとヌメリをとったり、物をどかしたり、ふいたり、ほこりをはらったり、する。

それは、ちょっとまあ、ハズカシイヨネ、こんなに汚い

と、ねえ、という感じ。で、さて、そんなことしていいのか、と思ったのである。

「お掃除、大好き！」

うふっ、ニコッ、ではないだろうか。汚れている家は宝箱、なのでは？　つまり、

「この家、つまんねーな」

と、思われていないか。

「もっとヌメってろよ」「ガッカリだな」

みたいな。

「このレベルで定期便頼《たの》んでんじゃねーよ、チッ」

とか。

「面白くない」

と、思われることは、職業上の理由で我慢《がまん》できない。わたしたちは、間違った親切心と、つまらないみえで、ダスキンさんのやる気と仕事を奪ってはいないだろうか。つまり、わたしたちは「やらない」という仕事をサボっていないだろうか。プロに対してプロの仕事ができているだろうか。もっとヌルヌルとヌメっていたほうがいいのではないか。仕事とは、なにか。もっとヌメる自信はある。悩んでいる。

朝

、コーヒー豆をガリガリしながら、急に思い出した。中学生の時、特に仲良くない隣《となり》のクラスの子の家に、中条《なかじょう》きよしの「うそ」のレコードを借りに行ったことを。

テレビの「必殺仕事人」「三味線屋《しゃみせんや》の勇次《ゆうじ》」が好きで、勇次役の「中条きよし」は歌手だ、と聞いて、レコードを借りにトコトコとでかけたのだった。その子のお母さんが昔ファンだったらしい。同級生は「たのきん」「チェッカーズ」「原田知世《はらだともよ》」「オフコース」「ユーミン」「サザンオールスターズ」の時代だ。

「うそ」のジャケット写真では「勇次」、いえ「きよし」にフッサーと、髪が生えていた。ちょんまげ（はげ）＝カツラで、カツラとったら生えていた、ことにビックリした最初の体験だ。逆が多い世の中、その子も「ねー、生えてるよね」と、照《て》れていたので、同じく必殺が好きで、学校の廊下《ろうか》などで「必殺」と聞こえて、だべっていたわたしに声をかけた、というようなことだろう、と思う。

ふと、うしろにヨシダサンがいた。座ってコーヒーを待っている。どーでもいい話なんだけどさ、と前置きして、わたしさ～

「必殺」夫婦！

三味線を
弾く
同級生の
お父さん
にお願いして
弦を
手に
いれていたな…
よーし
殺す!!
ビビ
シャッ

「中学生の時、必殺仕事人にはまって特に仲良くない隣のクラスの子の家に行って中条きよしの『うそ』のレコード借りたことあるワハハ」

ハイ、ご一緒にワハハ。

「……」

アレ? 笑いがこない。なんで、急に仕事人の話した?

と、おびえている。

「おれも今、必殺のことを考えていた……!」

へ?

「昨日、必殺の曲を聴《き》きたくなってサントラ買って」

ハイ?

「今日届くな〜って、今!」

以心伝心《いしんでんしん》か、テレパシーか。これが夫婦というものか?

必殺って単語が、また。騒いで、猫に見つめられている。

夫婦ってさ、じゃあさ、

「ここ1カ月、テキトウに買った安いコーヒーフィルターの紙が使いづらくて、わたしがこの30枚早く終われって思ってたの伝わってる?!」

「……」

知らないそうだ。わたしはコーヒーをいれた。

アタシ
ツマ
おかあさん
リサさん
おねえちゃん
漫画家
49〜52歳
グギギ…
こしのばし〜

ムスメ
小学4年生
6年生
もうすぐ12歳
はんぷく よことび

ヨシダサン
ダンナサン
おとうさん
おにいちゃん
吉田戦車
漫画家
55歳〜58歳
ぜんくつ

PART②
母なアタシ

「ドカンってなにー？」

　ムスメ（10）が、部屋のすみっこ、東の方角から大きな声で聞いてきた。なんか、太陽の昇《のぼ》る東の方からの、問いかけである。

　ドカン？　土管《どかん》？（マンガでよく見る公園の？）

　部屋の真ん中で洗濯物をたたみながら、ハテナ、となっていると、

「太いズボンのこと〜」

　と、西の方から返事がある。太陽の沈む西の方からの答えである。アレだよアレ〜　と、ヨシダサンが西の台所から叫《さけ》んでいる。

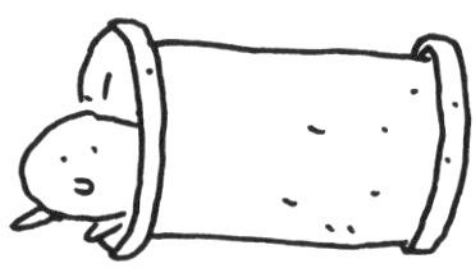

「今日俺の、横浜銀蝿《ぎんばえ》〜」

ああ、あれか。

しかし、もしもたとえば、実家の父（76）、母（77）がうちに遊びに来ていて、この会話を聞いたら、

「いったい何を言っているんだ、この家のモンは⁉」

だろう。父、母に説明するなら、こうか。

『今日から俺は‼』という漫画がドラマになって、それが映画になって、3人でみに行った。最後に横浜銀蝿というグループの40年前の歌がカバーされて流れており、それは当時はやったツッパリであり、♪今日も元気にドカンをきめたら　という歌い出しで、ムスメはきっと、振り付きで歌いたいのです」

か。父、母でも「？？？」だと思う。歌は、♪ヨーラン背負って　リーゼント　と、続く。

「ようらん　ってなにー？」

再び、東の方から質問が。西から答えが。

「長い学生服の上着〜」

え？　そうなの？　と、なるわたし。

「え？　裏に昇《のぼ》り龍《りゅう》とかの刺繍《ししゅう》の入った学ランのことじゃない？」

真ん中から、西に投げると、

「ちがうよ、ただ長いやつ」

と、打たれてかえってくる。

「のぼりりゅう　って？」

東から質問が続く。

あああ。同じ時代の同じ国の人なのに、こんなにもわからない。ツッパリじゃなかったわたしたちが、テイネイに説明しちゃってるし。あれだ、

「春はあけぼの」

みたいだ。清少納言《せいしょうなごん》だ。

「あけぼのってなに？」

と、聞かれて、説明する古典の先生の気持ち、こんな感じ？

何歳になっても…

長野の母は整理魔…
イスの背もたれもすてた母
『きちんと』が、病気的な…
おかあさんね
またあの夢をみるの…
ユメ…
おねえちゃん（わたし）がまたヤカンの口から水をいれているの…
ジャ
…いれてないでしょうね？
時々いれてるかも…
ごめ…ん
何歳になっても娘は娘…

45人vs.1人

朝の8時。小学校の音楽室で、わたしは一人、不安になっていた。その時間、わたしは自由な格《かっ》好《こう》で漫画を描いている漫画家でなく「管楽器《かんがっき》クラブの保護者デス」の、名札を付けた、子供達を見守るお当番さんだった。ムスメが学校の管楽器クラブに入ったのだ。月に一度の当番。2回目。わたし以外、子供。もうすぐ先生が来るけど。

♪パー、プー、と、音合わせの中、当番の仕事、っぽく、ピアノの上の出席簿を見直す。来ていない子はいないか？（防犯上）と、難しい顔している。みかけは50歳、57キロ（秋、肥《こ》えた…）な、大人だ。しかし、中身は、

（ど、どーしよ、な、なんて言おう）

で、いっぱいだった。思い出したのだ。練習が終わると4年〜6年生のみんなが、いっせいに振り向き、クラブ長の、

「保護者の方に挨拶《あいさつ》をしましょう！」

に、続いて、

「ありがとうございましたっっ‼」

と、ドカーンと来ることを。45人vs.1人。最初、そんなこと知らずに、わわわ、こんな挨拶していただいて、

おばちゃん、そ、そんな、

「あ、ありがとうございましたっ」

と、返してしまった。そこ、「ありがとう」じゃないよな〜、と、反省していたのだ。でもさ、「おつかれさまでした」でもないしさ、好きでやってんだもの、この人たち。これから授業にいくから「いってらっしゃい」か？　ＣＨＩ・ＧＡ・Ｕだろ〜。他のママに相談してみようか。ＢＡ・ＫＡ〜。

先生の指揮《しき》で演奏が始まった。聴《き》いているふりして悩んでいた。見守るふりをして孤独だった。ムスメもクラリネットでホッペを膨《ふく》らませている。お母さんのことなど知ったこっちゃない。君たちよ。まさか、みかけ50歳のオバハンの中身が、今、こんなことでいっぱいだとは思うまい。しかし、その瞬間はやって来た。なんて言おう。ああ……

「ありがとうございましたっっ!!」

「………ざ　ぃし　た！」

何も言ってない。でも何か言っている。そこんとこ、ちゃんと大人、だった。

大人は
大人だ、と
わたしも
思ってたもん
リサ(小4)
リコーダークラブ
朝練中

どーしてこんな夏休み

どー考えても、すべて自分が決めたことだった。

この夏休み。わたしのじゃなくて、小4のムスメのだった。ここ、忘れがち。

どーして家じゅうの押し入れの改装をぶっこんだのか。どーして携帯電話を新機種にしたのか。なんでメール開通しないのか。どーして「ついで」と、サーバー替えたのか。どーしてこの日に岩手と長野に帰省するのか。どーして文楽《ぶんらく》のチケット2枚取っちゃったのか。

ムスメと行こうと思ったその時は「夏休みに親子で観《かん》劇《げき》♥」な気分だったんだよ。でさ、どーして「大阪」のチケット取っちゃったの？ 東京とまちがえたんだよ。なんかいい席空《あ》いてるな〜なんて。「本当に行ってやろうか」としたけど、ムスメの学校の用事ですでに無理って、アータ、どーして予定を確認しないんだよっっ。

ポカンと空いた席を想像する。胸、痛い。人形が「あそこ、ふたつ、あいてるなー」って見てる。こ、こわい。

そして、いいですか？ 毎日の洗濯、今月の仕事の量は変わらないのですよ？ 給食がわりのお昼ご飯をつくるから仕事増えるんですよ？ 夜は酒を飲まなければいけないでしょ。寝ないといけないでしょ。猫ごはん、猫ウンコ、猫ゲロでしょ。

「さあ、遊べ。」

と、トラがオモチャくわえてくる。鼻がピンクで、遊んでしまう。マツもピンクで遊んでしまう。同じ境遇《きょうぐう》のご近所さんママと、道で会う。目が合う。無言でえいえいおー。ふたつの拳《こぶし》が、肩より上にあがらない。

そしてわたしは今日、2階でおしっこしなければならない。トイレを使わないと、この季節、水カビだろうか、すぐ汚れる。なのにみんな1階ばっかり使う。わたしの仕事場は2階なのに、気付いたらまた1階でしていた。バカバカ。次こそ2階でしないと。叫《さけ》んでいた。

「だ、だれか、2階でおしっこしてきてーー！」

トイレのカレンダーと目が合った。

8月の終わりだった。暦《こよみ》の上では秋だった。

夏休みはこのように終わった。

今、押し入れ改装のながれで1階に布団をひいてねていてキャンプ場みたいでおもしろくてそれも1階でしてしまう理由のひとつ…
ぐー

「ウーン、まずいもの食べてないな～」

と、言っていたのである。わたしが。夕食の時に。ヨシダサンに作ってもらっているご飯をほめようとして、「いつもおいしい」の変化球だしてみたら、なんか変《へん》……な、気がして、言い直すことにした。

そうしたら、

「アー、まずいもの食べたいなー」

と、もっと変なのが口を滑《すべ》っていたんである。ま、ず、い、も、の、た、べ、た、い、？　なな、なんちゅー言葉だ。子供の頃の自分が聞いたら、たまげてる。変なオトナがいるって、逃げている。ダッシュだな。

だって、子供の頃はいつだっておいしいものをたくさん食べるのを目指していた。どうしてオトナはお金があるのに1000円出してお菓子をめいっぱい買わないんだろう？と、本気で不思議だった。

外国のドラマで、ママの用意したパンとソーセージのお昼ご飯を、早く出かけたくてゴミ箱に捨てた金髪の女の子にたまげ、特にそれが一大事《いちだいじ》でもないことにおののき、「大草原の小さな家」のローラの食事に憧《あこが》れていた。

アメリカのビンボーに、日本のビンボーが憧れてどうす

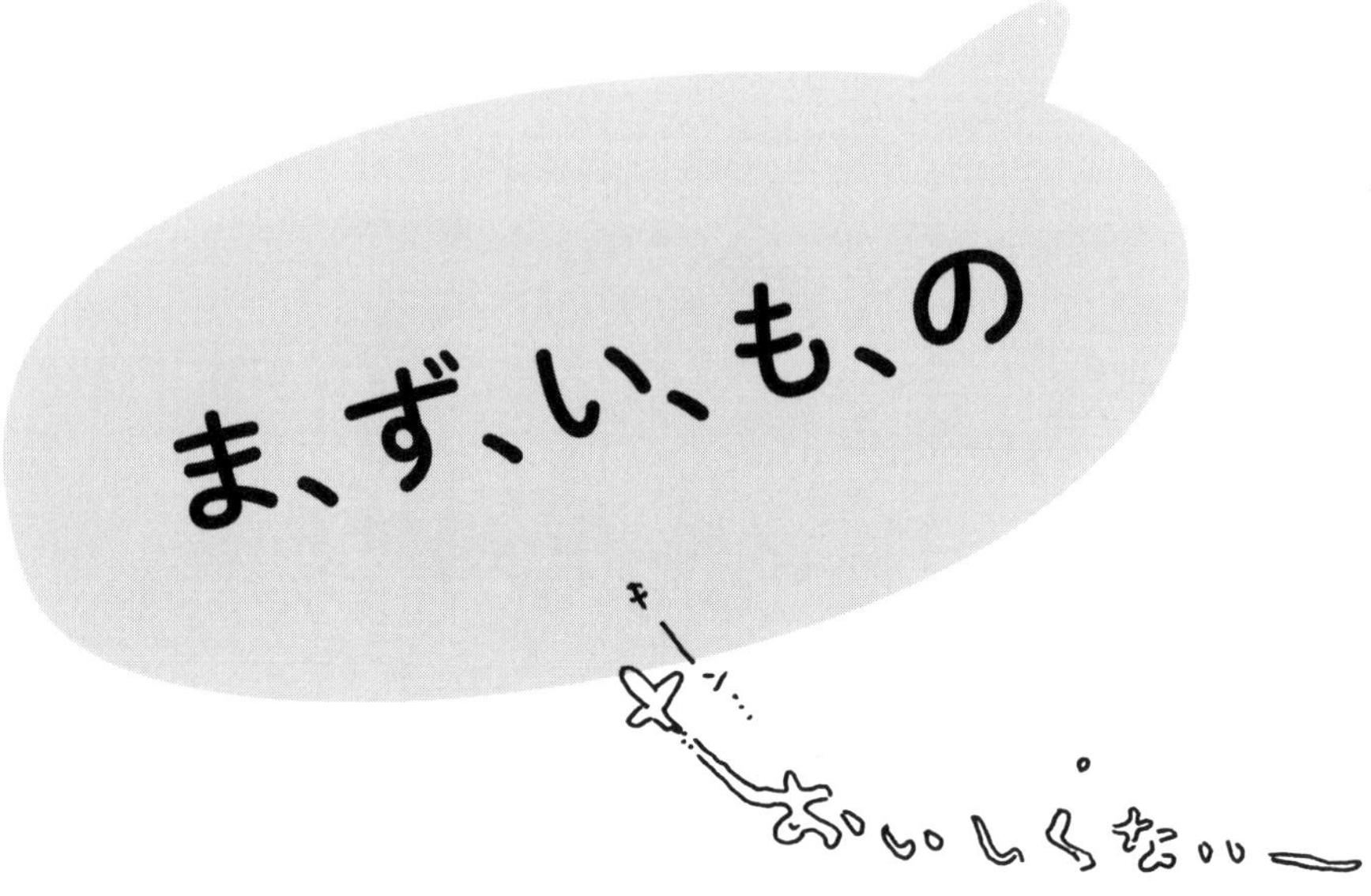

（オ、カ、ア、サ、ン、テ、
ア、シ、
ミ、ジ、
カ、イ、
ネ）
ムスメは一
言いづらいことを
口パクと
ジェスチャーで
伝えてくるクセが…

る？と、今はそっと思うのだが、よその国はおいしそうだった。

　そして、子供の頃「まずい」は周りにゴロゴロと転がっていた。家でも、大好きな給食にも、お菓子がいっぱい♡のおばあちゃんちにも。外食にだってあった。今はそれが少ないのか？「時代は変わった」なのか？心の旅に出ていた。気づくと、お母さーん、と台所から呼ばれていた。

（お、い、し、く、な、い）

　ムスメが口《くち》パクとジェスチャーでメッセージを送っている。

「え？　なに？」

　もう（ま、ず、い）になっていた。日曜日、たまに作った昼ご飯。ムスメに出した「ツナ混ぜトマトソースご飯、スクランブルエッグのせ、オムライス風」のことだった。ごめん、味見してなかったけど……魚臭、酸《す》っぱい仕上げ。どうやら、自分で願いを叶《かな》えてしまったようだ。三白眼《さんぱくがん》。

うるう年の2月29日（土）。うるう年ってだけでもレアなのに、急に学年最後の登校日になった（金）曜日。（木）曜日は「休校」ニュースで夜から大騒ぎ。（水）曜日はムスメの習い事の発表会が無くなったお知らせ。（火）曜日、「ディズニーランド行くんだけど、どう思う？」なんてママがいたPTA室。「オリンピック無くなるんじゃ？」と日記に書いているが、オリンピック無くなっても「小学校が休校になる」なんて、思ってもいなかった（月）曜日。なに、これ。ほら、アレに似てない？？

♪テュリャテュリャテュリャテュリャテュリャテュリャテュリャリャ～

ロシア民謡の。あの、不思議な一週間。

♪月曜日にお風呂を焚《た》いて～火曜日にお風呂に入り～と、歌った時の「そ、そんな～」感。段差ありすぎる感じ。遠い国の出来事だった「そ、そんな～」な気持ちが今、日本で。ひとつ前の一週間も、すごい歌詞になる気がする。この歌、2番、3番もあるんじゃないでしょうね。虎舞竜（トラブリュー）くらいあったらどうしよう……

アレ？・とつぜんなくなるとさみしいね
『半分成人式』
10歳
〝泣かす気か!!〟と、ノリに乗ってなかったのにアレ…

で、土曜日、焦《あせ》っていた。やはり子供がいると仕事が進まない。うちは2人して在宅仕事だ。こういう時のために漫画家なのかもしれない、と思うくらい、大丈夫だ。しかも、もう4年生だ。それでもやはり、仕事が進まないのだ。

「おなかすいた」「ハサミかして」「この箱、切ってくれない？」「見て見て～」

4年生も忙《いそが》しい。これで出勤しないといけない親はどうするんだろう。もっと小さいうちの子は？　何人もいる家は？……

と、ここでハッとする、この時（土）曜日。ちょ、ちょ、ちょっと、ちょっと！　まだ通常営業、いつもの土日だよ。まだ何も始まっていなかったのだ。本番は「あした」でもない「あさって」から。子供がいて仕事ができない、は錯覚《さっかく》。しっかりしろ、オトナ。

このように、いろいろが、ハッとすると大丈夫なのではないか。これを読んでいる（金）曜日はどんな日だろうか。♪テュリャリャ～

いいことみっけ

新型コロナウイルスがはやって、休校になって、1個だけ、いいことがあった。おとなりの5年生女子がうちの4年生女子を遊びに誘ってくれたのだ。ピンポーン、と、鳴らしてくれた。鳴らしてもらって気づいたけど、とても鳴らして欲しかった。毎朝、学校には一緒にいくけど、遊ばない関係の2人。

「つまんないから遊ぼ。」

と、言われた朝の9時。おばちゃん、ムスメよりうれしくて、沢田研二《さわだけんじ》だったら「抱きしめたい」だね。迷惑だね……

家の前、車の来ない道で、別のご近所4年生も誘って鬼《おに》ごっこ。その妹ちゃん、年中&二歳児、他の家の1年生男子&弟ちゃん、様子見のパパ（在宅ワーク?）、がまじったり、抜けたり（音でわかる）。昼ご飯食べに帰ってきた。また遊びに行くんだって。おそるおそる思う（いいよね、道で遊んでも）。

東京だけ？　子供が道で遊ばない、と、思う。遊べる道があんまりない。前の道だって、車が来ない、ったって、時々来る。外遊びは公園だ。公園はちょっと遠い。うちはラッキーかもしれない。

「飽《あ》きた。」

と、帰ってきた。あ、飽きるんだ。ラッキーなくせに。よくよく聞くと、車で出かける近所のおじさまが、ジーーと、窓をおろして、

「うるさい！　静かにしろ‼」

と言ってまたジーーーと、窓を上げて出発したそうだ。はあ。暗い顔をするわたしに、あしたも遊びたいムスメは、

「言われただけだから」

と、明るく言った。大丈夫にしたいから。そうか。そうだね。また怒られようか。別の日には2階の窓からクイズを出してくれたおばあちゃんもいたそうな。

今日は、向かいの家で、玄関を本格的に掃除《そうじ》している高校生がいた。デッキブラシでゴシゴシ。こんな大きい男子がいたんだ。知っていたんだけど、こんな長身だったとは。おばちゃん、つい、声かける。「掃除？」

「はい。休校で暇《ひま》だから」

ああ、沢田研二だと歌、何になるっけ。いいこと1個だけじゃないじゃん。なんか、いっぱいあった。

このたびの休校でゲットのキックボード
カーーい
欲しかったんだコレー
サア、アソベアソベ

きみは知っているか

君は、『きみはタヌキモを知っているか』を、知っているか。

これは、かこさとし作、の絵本で「大自然のふしぎえほん」シリーズの一冊なのだった。（頭が良くなるかもしれない、ヒヒヒ）と、お代官《だいかん》様的な悪い顔をして当時5歳のムスメに買ったけど、小学中～高学年向きだった。今じゃん！　と、引っ張り出した。

まずタイトル、すごい。絵本でこんなの、ない。で、「タヌキモ」だ。タヌキモとは。「タヌキモ」は、水中の食虫植物、メダカなどを食べる藻《も》、なのだ。タヌキの尻《しっ》尾《ぽ》に似ているので「タヌキ（の尾に似ている）藻」で、「タヌキ　モ」なんじゃと。

「タヌキ　モ……」

と、言うと、なぜか口が気持ちいい。そういうのってある。他にわたしの口が気持ちいいのは「だんみつ（壇蜜）」「オグシオ（バドミントンの小椋《おぐら》さんと潮田《しおた》さんペア）」「ごっくしじゅうご（5×9＝45）」、他には「カラリオ～（エプソンのプリンターのCM）」などだ。なぜだ。

しかし、

「きみはタヌキモを知っているか」

と、全部言うと、もっと口が気持ちいいのだった。なんでだ。

で、ふと、最初は何だっけ。そうだ、ムスメに、

「きみはお母さんの食べかけの煎餅《せんべい》を知っているか」

と、言ったら、気持ちよかったのだ。少しかっこいい気もした。『タヌキモ』を読んだばかりのムスメにうけた。

煎餅は見つかった。で、

「きみはアベノマスクをつけたことがあるか」

「きみは460億円を見たことがあるか」

おっと。つい、この話に。

「きみは来週から学校だが宿題は終わったのか」

ムスメが逃げた。追いかけたらトイレだった。（コロナから離れるか）と、ドア越しに「きみはデパ地下の和《わ》菓子屋《がしや》の見本の甘納豆、プラスチックの豆を、試食品と間違えて食べたことあるか」

と言ったら、中身はヨシダサンだった。

「……あるんだね」

と、声がした。は、はい。ジャー（水）。流された。

あっ…やっ…
おっ…
お店の人のほうがびっくりしちゃって…
恥かかすワケにはいかないがびっくりをかくせない…
若い頃
ったって30代だったが…
甘納豆

寝る前、布団《ふとん》の中でモゾモゾとムスメ（10）が聞いてきた。ねーねー、おかーさん、

「ジョンレノンってだれ？」

おいおい、いきなり大物だな、と思うが、なぜか「冷静」を装《よそお》って聞き返す。

「ジョンレノン、ってどこで聞いた？」

「それがわからないんだヨ」

と、いう。なんか知っていたので、だれ？　となった、と。どこまで知らないのか、さぐりを入れる。

「歌、歌う人だね」

「はー、やっぱりね」

そう思った！　と、うれしそうにする。となりの布団のヨシダサンが耳を澄《す》ましている。のが、わかる。

「髪形、どんな感じ？」

と、きた。いい質問な気がした。

「真ん中でわけて、もちゃもちゃ、かな」

「生きてる？　死んでる？」

おおっ、そこからか！

「死んでいる」

「（音楽室の）ベートーベンくらいの人？」

（もちゃもちゃ、で、そうなったと思われる）

「そ、そこまでは死んでない……　えと、最近、かな」

ヨシダサンが耳を澄ましている。

「ジョンレノンて日本人？」

「が、外国人だよ」

「男？　女？」

「お、男！」

うちにジョンレノンの概念《がいねん》がない10歳がいる。いや、わたしだってない。

「おれ、リンゴスターって、アップルスターを日本語に訳したと思ってて、ギャハハ」

という同級生の自虐《じぎゃく》ネタが、わからなかったくらい知らないのだ。音楽は知っているけど、泣いた、とか、買った、とかがないのだ。そのことがちょっと恥《は》ずかしい世代なのだ。ムスメに何も知らないジョンレノンのことを教えて欲しくなった。

「ジョンレノンて、どんな歌、歌うと思う?」

ムスメは、うーん、と考えて、

「なんか、激しい歌!」

と、言った。

ジョンレノンもさ、2020年、オリンピックもなくなった日本の、畳《たたみ》にしいた布団の中にいる10歳女子に、どんな人か想像されるなんて、思ってもみなかったろうなあ。キレイゴトを言うが、それは満月の夜だった。

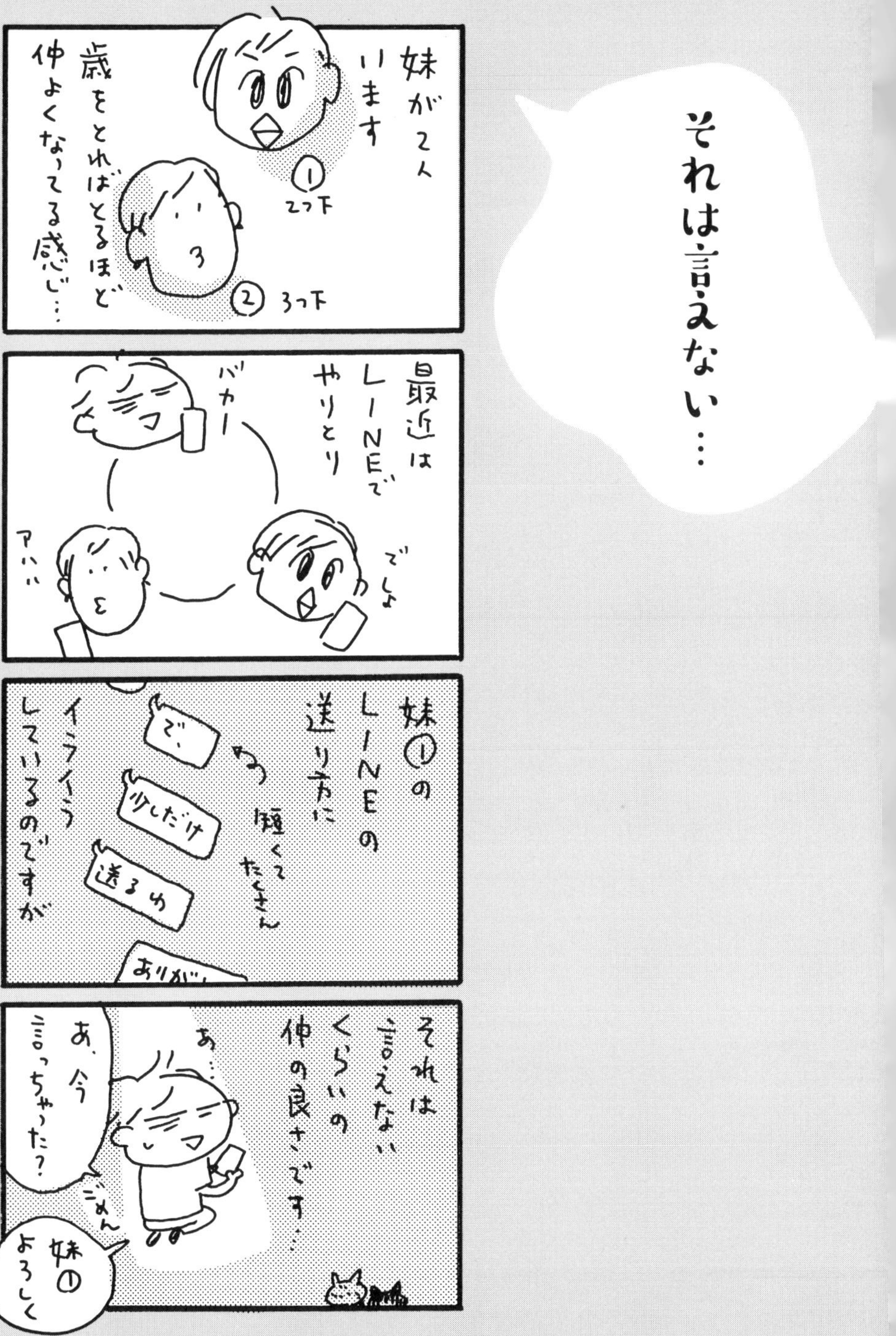
それは言えない…
妹が2人います
① 2つ下
② 3つ下
歳をとればとるほど仲よくなってる感じ…
最近はLINEでやりとり
バカー
でしょ
アハハ
妹①のLINEの送り方に
短くてたくさん
イライラしているのですが
で、
少しだけ
送るわ
ありが
それは言えないくらいの仲の良さです…
あ…
あ、今言っちゃった?
ごめん
妹①よろしく

チョーを決めるには

ご近所の幼稚園の話らしい。ちょっと感動した〜、と言うのだ。ママさんが。小学校のPTA室で。お便《たよ》りのホチキスどめをしながら、マスクをしたお母さん、3人だ。（わたしも含む。わたしお母さんだった。時々忘れる……）

「下の子の幼稚園で、年少さん、年中さん、年長さんのチョーを決めたんだけど」

「チョー？」

「長。まとめ役というか」

ほう、ほう。あったね、そういうの。

「なりたい人や、やってもらいたい人がなるんじゃなくて、クジでもなくて」

ん？　立候補でも推薦でもアミダでもなくて？

「園長のご指名なの」

うへー　ヒャー

「ちょっとお話が、って、朝、門のところで声をかけられるのが恒例《こうれい》で」

うーん、それこわい……

「今年は、あ、うちの子が年少なんだけど、いちばん若〜い、しかもやさしそーーーなママがご指名をうけて。

しかも2人目がおなかに」

あああ、押しつけられちゃった系？ わたしの妄想《もうそう》では、ショートカットの小柄でかわいい、メガネをかけたママが朝日を浴びてダラダラ（汗）、断れなくて引き受けている。

「んで、数人で、ダイジョウブデスカ？って、園長に話しに行ったの」

そうしたら、園長先生がこう言ったのだそうだ。

「しっかりした人がなると、みんなが意見を言いづらい。やさしい年上の人がなっても気を遣《つか》う。若くて妊娠中だと、みんなお手伝いしてくれる、助けあう、協力する。だから、年少はこれでいいのです」

と。ハハーーッ、となった、と。年中さん、年長さんは、違う理由で、ぜんぜん別タイプの人がご指名をうけたそうだ。その年の「色」を見ているらしい。わたしの妄想では、少し年上の化粧っけのない、細身《ほそみ》で小柄の園長先生がピシャリと、前で手を重ねている。朝のお味噌《みそ》汁《しる》は赤味噌派だ。ワカメがうかんでいる。

近所の幼稚園でさえ、この采配《さいはい》。近所の幼稚園さえ、ですよ。国は……　ちょうどその時、ホチキスのタマがなくなって、手がカスっと、なった。

「笠《かさ》」


地蔵《じぞう》という昔話のどこが好きですか?」

と、記者会見で聞かれたら、それはもう、なんつっても地蔵がインターホン鳴らさないところです、何が欲しいか聞かないで置いてくとこです、と、英語で答えたい。記者会見ないけど。英語しゃべれないけど。

わたしは、笠地蔵の影響をうけて、知り合いに玄関先に何か置いてかれるのがけっこう好きだ。この年末年始、サンタと地蔵を比べたら、地蔵派。外がいい、外。

「たくさんもらった」

「たくさん買ってしまった」

「こんなに掘った」

など、ご近所さん、ママ友などが、採れたてのタケノコ、シソ、ミョウガ、ゴーヤ、梨、柿、リンゴを置いていく。

今年はコロナで、玄関横に「ハンコなしで、どうぞ置いといてください」の、小さいスノコを置いてから、自分で頼んだ荷物も置いてかれて、笠地蔵っぽくて、いい。

またうちが、引《ひ》き戸《ど》なモンだから、カラカラッと、

「おや?」

なんて、昔話風だ。

これあげたいけど、会わなくていーや、と思われている自分もいい。最近、パンが一斤《いっきん》、ポテッと、置かれた。
「これは……」
一緒に「花屋さんのママ友に頼んだいつもの猫草《ねこぐさ》」が置いてあるから、きっとお花の配達に出かけて、その町のパンを気分で買ってきてくれた？　と思う。当たっていた。

安くておいしい鶏肉専門店のよく売り切れている鶏皮ポン酢和《あ》え（調理品。要冷蔵）が、ポリ袋にギチギチに入って値段シール付きで置かれていた時は、

「おーい。だれ？」

と、なった。これ、おいしいのだ。ムスメ（10）の友達のパパだった。ママのほうと家の前で立ち話をしているところを仕事中の車から見た、自分ちの分と一緒に買って持ってきた時には奥さんもういなかったけど、まあいいや、置いてこ、わかるでしょ、となったらしい。

「おつまみに、だって。」

と、ママからLINE。今年、ムスメの友達のパパに鶏皮のポン酢和えを置かれるという身分となった。しみじみと、する。

「雨戸道」奥深し

茶《さ》道《どう》、のように「雨戸《あまど》」にも「道」があるのなら、「雨戸道」11年になる。毎日、朝夕、開けて閉めて11年。けっこうきたな、と、こっそり思う。初・「雨戸」だった。中古で買った古い家に最初からついていた。何度も引っ越しをしたけど一度も雨戸のある家（部屋）じゃなかった。実家も含む。

電動で、ない。ガラガラッと、戸袋《とぶくろ》から一枚ずつ、夕方に出して、朝は入れる。なんとなく、日が沈んでから&昇《のぼ》ってから、としている。季節に合わす。素早くやる。でも、少し勢いをつけないと一発で決まらないので、ちょっと音を立てる。雨戸で自分を隠しながら、目線を外にまっすぐ向けない。道を歩いている人、向かいの家の人、と目が合わないようにする。なんかこう、お作法《さほう》っぽい。なーにーもー、なかなかきちんとやってるじゃないの、と、またこっそり思う。

しかし、気づいた。歩いている人も、こちらと目が合わないようにするね。ガラガラッという音にハッと一瞬こちらを見ても、サッと目をそらすね。

「見ちゃってすみません」

と、前方をにらみなおして、

「見ていませんよーっ」

と、歩いて行く。ような気がする。

ある日、子供が同じ学校の5年生、の若いご近所パパ友が、朝の雨戸で1回そんな態度だったので、聞いてみた。

「こないだ、雨戸開けてるとき、なんで目をそらした?」

え、ええ? そ、そんなこと聞きます? と目がクルッと踊ったあと、

「朝だから見られたくない格好《かっこう》かな〜、って」

と、教えてくれた。ハッキリと答えがあった。え。格好って、わたしか。たしかに。家の前のゴミ出しがギリギリ許される、の格好だった。角《かど》のコンビニには行っちゃダメレベルの。だから雨戸で隠すのだ。そうか。それはこちらへの気づかいだった。気をつかっているつもりが、つかわれていた。外にも「雨戸道」があった。

どーでもいい気がする。いや、どーでもよくない。そんなこといったら「お茶」だってどーでもいいのだ。

な

んのながれでそんなことになったのか。今となってはおぼえていない。土曜日の夜、わたしはオジサンのアタマのカワを動かそうとしていた。ヨシダサンを椅子《いす》に座らせ、うしろに立ち、頭をもんでいた。ワシワシともんでいた。お酒を飲んでいた。

武田信玄《たけだしんげん》が、

「動かざること山のごとく」

と、いったのは、この皮のことなんじゃないか、というくらい動かない。ピクともしない。三味線《しゃみせん》のことはくわしくないが、皮がパーンと張っているあそこ…… いや、それよりも、ライチの外皮をプリッとむいたあと、中の白い実にも皮があると信じて一生懸命むいているような、「もう食べられますよー」と言われているおじいちゃんのような…… いや、皿に張ったラップの……

「ウ~~、イタタタ」

ハッ。下のヨシダサンから声が出ている。そうか、これは人の頭の皮だった。わたしは、絡《から》む相手をかえるように、テレビを見ているムスメ(小5)のアタマももんでみた。

やっぱり、ね。別の星の土のようだった。フカフカと動く動く。春、虫やカエルやヘビが掘ったトンネルがそ

『今年は豊作じゃー』♫
と、一度言ってみたい欲…
なに
この野菜はハート型？
尻？

のままの地面……　タイムカプセルを埋めてすぐに、はしゃいだ男子がその上に立って土が沈むような……　むくのが簡単なコタツの上の冬のミカンのような……　それって地球だが。ヨシダサンに戻る。

「イタイタタタ〜」

わたしが鍬《くわ》なら、ヨシダサンは畑だ。ダメな土地を耕《たがや》しているのだ。

ところが。

たった3分くらいで、皮がすこーしゆるんだ。ジワ〜ッと、水が入り始めた田んぼの入り口のようだった。今年は米がとれるぞ〜、みたいな。

「……あれ？」

わたしは急に甘い気持ちになった。うれしかったのだ。びっくりした。わたしは土曜日の夜、オジサンのアタマのカワをもんで、突然幸せになった。この気持ちはどこから？　DNA的な？　耕す欲《よく》？　育てる幸せ？　幸せは身近なところに、ってやつ？　梱包材《こんぽうざい》のプチプチを潰《つぶ》すのと同じなにか？……

知りたくて、わたしは今日も畑にでかけている。ややだ。

思えば遠くに…

「おまえ、ここにいたのか」と、木の根元《ねもと》に話しかけているおばさんがいたら、ちょっと。

その「ちょっと」なおばさんは、わたしだ。朝、ゴミを捨てに行って戻ってきた庭で、ひとり言《ごと》を言っている。部屋着《へやぎ》なのがまた。朝日を浴びて、なにかが2割増し。しかも「おまえ」と呼んでいるのが、木の根元にいる「鍋の蓋《ふた》」なもんだから、アチャ～、だ。隣《となり》の家の人だったら、あけたカーテンもう一回閉める。

「鍋の蓋」は、現役の木蓋《きぶた》だった。台所で便利に使っていたが、持ち手が取れてしまった。捨てられそうになったとき、「庭のママゴト用に」と、ムスメが申し出た。

庭にはジャリ石のコンロと、バケツや枝や貝殻《かいがら》（サザエ）があって、蓋はその一員だったが、放置され、しばらくしてから家の裏の給湯器前で発見された。けっこう、風でモノは移動する。そうそう、風の強い季節の燃えないゴミの日、毎年必ず「鱈《たら》　３９８円」みたいな黒いトレーが、木に引っかかって、またどこかに飛んでいく。風、けっこう仕事する。

ある時、蓋は庭の真ん中にいた。

ある日、蓋は家の外壁によりかかっていた。

夏の日、蓋はジョウロのうしろにかくれていた。

わたしがジャリ石コンロに戻したり、ヨシダサンが「今度こそ捨てよう」と、チリトリの横に置いたり、移動手段は風だけではなかったけど、ある日、お隣さんとの境界線を越えようとしていて、物置《ものおき》に入れられた。

春休み、もうママゴトをしなさそうな大きな5年生が、引っ張り出して、友達と何か作った。放置。で、この連休中、木の根元にたどりついた。と、思われる。風が強かった。

蓋は、もう汚れて真っ黒で、よく言えば、旅の途中のお坊さんのようだ。よく見ると、法隆寺《ほうりゅうじ》の遺跡から発掘されたみたいな色してる。

「フッ、遠くにきました」

休んでいる風格。うちの庭の蓋、貫禄《かんろく》あり。庭を何年も旅して、色々《いろいろ》を知り、木陰《こかげ》で休憩しておったのでは、と思う。いーから、かたづけろ、とも思う。

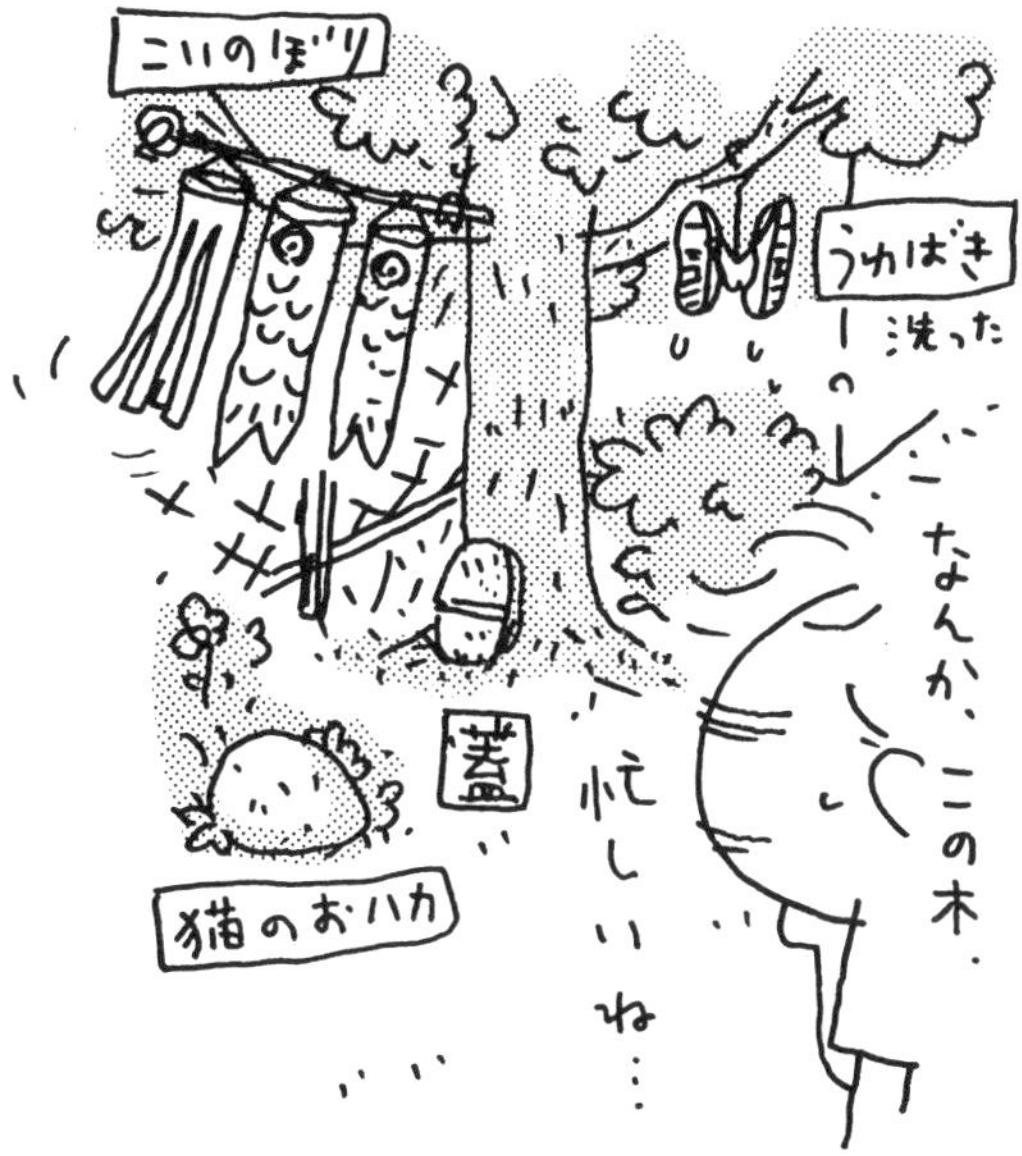

一

箱10本入り。アイスなのだ。バニラ味。箱には、

「当たりが出たらもう1本！　イエイ」

的なことが、書いてある。いやいや、よく読むと、

「牛マーク5ポイントを応募すると、グッズがもらえるよ！　モー」

と、イラストの牛さんが言っている。アイスの棒に牛マークが刻印されているらしい。一人1本ずつ、3本が、夕食後にふるまわれた。お買い求めたのはヨシダサン。

「この箱アイスというのは、1本の量が少なめで、この歳《とし》になるとちょうどいいね」

ほめたから、だろうか。当たった。なんと1本に牛がいきなり2頭。これは2ポイント、ということらしい。ムスメ、ヨシダサンは、まっさらな0ポイント棒だった。おおお。応募するかはわからないが、とっておくか。洗う。

昼間、誰もいない家で、ひとりで食べた。そしたらなんと、牛が3頭、いた。おおお。すごい。わたし、すごい。きれいに洗う。

「もう、応募できるじゃないか」

と、夜、また3人で食べた。御祝《おいわ》いムードの中、わた

すでに一本よけいに食べていることはいいのだろうか…
うん、だまっておこう…
残り
じー…
じー…

しにまた牛マークが。1頭。やだ、モー。

「おかあさん、すごい」

「すごいな〜」

　こういうの、当てちゃうんだよね〜　なんて言ってみた。ところが。

　アイスは3本残っている。おいしかった。食べたい。でも、怖くて食べられないのだ。たぶんもう、当たらない。一箱食べれば一回は応募できるようになっているのだろう。

「おかあさん食べないの？」

　わたしは、自分の輝《かがや》かしい栄光のために、おいしいアイスを食べられなくなっていた。当たらないのがこわい。当たらないところを見られるのが怖い。当てちゃうんだよね〜なんて言ってしまったから、かっこわるくて食べられない。

　ヒット作を出した漫画家が、次回作をなかなか描けないというのはこういうことじゃないだろうか。当たらないのが怖い。3頭、牛を出した自分を越えられないのだ。初めて感じたこの気持ち。アイスが教えてくれたんだ、モー。

本気ビンビン物語

6月、油断していると、もう夏休みなのだ。毎年そーだ。オトナのじゃなくて、コドモの。夏休みには「自由研究」だ。この自由な研究の宿題が、親の作品になっちゃっているのを見るのが、ちょっと好きだ。前は苦手だった気がするけど、これも歳《とし》を取ったおかげだろう、好きだ。手伝いパーセントが100に近いほど、ぐっとくる。学校の展示を見にいく。

「ひゃー、本気出しちゃったね、おとう（おかあ）さん」

不思議ですが、本気出したのが、おとうさんかおかあさんか、わかる。

この、オトナの本気。

近所の日本舞踊《ぶよう》の先生が、昔、発表会でモンシロチョウ役の娘さんの羽を手作り中、はりきりすぎて、

「アゲハにしちゃったことがあるわ」

キンキラキーン、と、言っていた。

幼稚園で浦島《うらしま》太郎《たろう》の主役に選ばれて、本気を出しちゃったおばあちゃんが、自分の絣《かすり》の着物をほどき、わらじを近所の編《あ》める人に頼み、腰蓑《こしみの》もワラ、小さな本物になっちゃって、ビックリして当日の記憶がない、という投書が、最近ラジオで読まれていた。

「ライオン、かいて～」

と、言われて、図鑑を開いて鉛筆《えんぴつ》デッサンしたおじいさんが、3歳の孫にコワイと泣かれているのを、知り合いの家で見たことがある。

うちのヨシダサンも、

「幼稚園の余興《よきょう》で、母がステージで本気で踊っていたことを忘れない」

と、言う。まだ時々、言う。

わたしもある。

「絵の具を使う時、筆を洗う容器が必要です。空き缶で作ってもらってきなさい」

って、いうのが、小学生の時あった。みんな、オレンジジュースやファンタで作ってもらっていた。3缶、ブドウのイラストなんかで種類がそろっていたらなかなか、の中、ここで、車の板金《ばんきん》塗装やのうちのお父さん、本気、出した。（イラスト参照）

すごいかっこよかった。が、すごい恥《は》ずかしかった。使いやすかった。が、目立っていた。どこへやったのか。もう、どこにもない。でも、あのオトナの本気が、父の本気だけが、わたしを時々ビンビンにさせる。

もちやすい取手（収納式）
溶接でつくった。
ひっかかるしくみ
スプレー
全体が空色。（水色）
車に塗装したのこり？
本気思い出すー

アタシ
ツマ
おかあさん
リサさん
おねえちゃん
漫画家
49〜52歳
グギギ…
こしのばし〜

ムスメ
小学4年生
6年生
もうすぐ12歳
はんぷくよことび

ヨシダサン
ダンナサン
おとうさん
おにいちゃん
吉田戦車
漫画家
55歳〜58歳
ぜんくつ

PART③ 私なアタシ

「同じ伊藤」に再会

「立っているものは恩師でも使え」と、誰が言ったか、言わないか。恩師もビックリだが、地元、長野県原村《はらむら》の図書館祭りで、講演会をたのまれて、

「一人じゃ絶対ムリッ」

と、立っていた恩師…じゃなくて、本を借りに来ていた恩師を使って、講演会を一緒にやって頂いた。小学校の6年間担任だった伊藤先生。伊藤vs.伊藤。vs.じゃなくてもいいですね。ダブル伊藤で、打ち合わせをした時、

「入学式、覚えてる?」となった。

「体育館で」

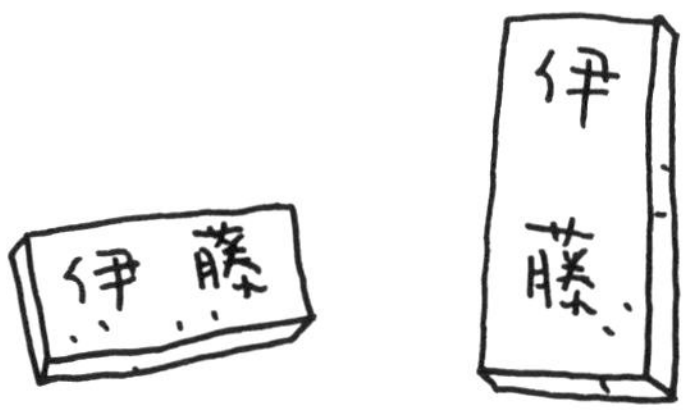

「先生が『同じ伊藤だね』って、声かけてくれて」

「そうそう。保育園でしゃべらない子がいるって聞いて、声かけた」

「げっ、そういうのやっぱ連絡いくのか」

保育園で「一言《ひとこと》もしゃべらない子」で有名だったわたしが「問題児」だったコトはまあ、右に置いといて、その時を思い出してみる。ハイソックスの自分が椅子《いす》に座っている。口を開けて先生を見上げて、それは横顔《よこがお》だ。式服《しきふく》の黒スーツで立った先生がわたしを見下ろしている。それも横顔だ。ん？　これ、「記憶」じゃなくて「写真」じゃない？

「その時の写真、ある！」

で、実家のアルバムをひらいた。が、ない。思い込み、か。うしろから父が、

「その写真、ある。」

よく覚えている、その瞬間を撮った、と、いう。でも、ないんだよ。そのまたうしろから母が、

「ネガなら、ある。」

整理してある、全部ある、と、いう。ちょっと！　今、絵本『おおきなかぶ』みたいに並んでるぞ、伊藤家！

それは こんな写真なのですが…
※もちろん、現在のわたし、この時の先生超え…（年齢）

母がすぐ出してきた。母、スゲー。講演会のあと、東京で現像をたのむと、

「10分、おまちください」

だって。じゅ、10分だけ？　あっという間に思い出が出てきた。そしてたったの42円だった。しかし、記憶どおりだった。

「同じ伊藤だね」

と、聞こえる。先生、わたしこの時すごくうれしかったんだよ。あ、講演会。１００人も来て頂いた。（90人だったらしいが、ここはサバをよませてください）

ありがとうございました。写真ってすごい。

あの話してよー

※子供の頃の話です…

クルクルやめる勇気

冷蔵庫のまるい白いクルクルを見た時は、これだ、と思った。だって、奥のジャムのビンなどを、簡単に取り出せるというのだ。それは、ケーキのスポンジ生地《きじ》をのせて、クルクル回してキレイに生クリームをぬる、というプロっぽい道具だった。それを冷蔵庫の中で行方不明になりがちな小ビンなどをのせて回すという、整理整頓《せいとん》のアイデアなのだ。雑誌で見たのだ。

「ぜひうちで回っていただきたい!」

と、スカウトした。つまり、買った。

それは、わたしの頭の中でクルクルと回っていた。ああ、そうだよ、使いかけの君たち、焼き肉のタレ、マスタード、柚子胡椒《ゆずこしょう》、かんずり（辛《から》～い調味料）、海苔《のり》の佃煮《つくだに》、海苔の佃煮（2個あるのだ）などを、一気に引き受けてくれるはずだった。しかし。

白いクルクルはうちでは回らなかった。クルクルは、スペースを取る割《わり》にビンがたくさんのらない。で、回さないでも取れちゃう。で、回さない。回らない。救世主はうちではただのでかい白いお盆《ぼん》になっていた。

わたしは、間違えた。なのに、それを認めなかった。我慢《がまん》して使った。家族も巻きこまれて使っていた。何年もだ。そして2020年。

日曜日、アベノマスクとGo To トラベルキャンペーンの悪口を言っていたのだ。わたしはでっかい声だった。

「間違えた、って言って、気づいた時すぐやめればいいんだ。なんで途中でやめられないんだバカ」

と、言ったのだ。自分に殴られた。つまりオバサンはオバサンに殴られた。

わたしは立ち上がり、その足で冷蔵庫にむかい、クルクルにのっているビンを全部おろし、クルクルを洗い、クルクルを食器洗いカゴに干《ほ》した。横で働くはずが、縦だった。濡《ぬ》れてさみしそうだった。しかし、わたしときたら、入れた時より出した時のほうが気持ちよかった。家族にも「使いやすい」「たくさん入る」「プリンもここに」と、入れた時よりたたえられた。

勇気が必要だった。国もわたしを見習ってほしい。

トンだかブタだか

わたしって、
「トン汁」だっけ？
「ブタ汁」だっけ？

びっくりだ。忘れてしまった。あ、わたしが汁の「具」だった、ってことではなくて、つまり豚だったことを忘れたんじゃなくて、「豚汁」の「豚」を、もともと「トン」と呼んでいたか「ブタ」と呼んでいたか、忘れてしまったのです。「トン」「ブタ」どっちの「汁」だったっけ？自分の「ネイティブ豚汁」の発音がわからなくなった。忘れると、すごく大事な事のように思えた。料理はすこし「発音」だよね。


たぶん、若い頃どこかで（たぶん飲み屋などで）、

「ブタ汁？　トン汁？」

なんて聞かれて、「へー」なんて思って、自分のを答えて、そして新しく聞いたほうを「そっちの発音がカッコイイ」とか「そっちのほうがうまそう」とか思い、呼び方変えて、しばらくして（やっぱり逆かな）などと、戻したりしているうちに、

「豚汁はダシをとらない」

などという話を聞いて、マネしたらおいしかった。

「キノコとゴボウだろ」

「ダイコンとニンジンだ」

「絶対それは扇《おうぎ》切《ぎ》りだ」

「トーフトーフ！」

　と、やりあっているうちに、山で言うと、ふりかえったら2本、道があって、どっちからきたのかわからなくなった。洞窟《どうくつ》で言うと、広場に出てしまった。海で言うと、沖に出すぎた。うちの猫らで言うと、……もう、いいか。でも「アレ？　どっちのお皿がわたしの（ボクの）でしたっけ？　はて。ムシャムシャ」って時の、あの顔だ。

　どうしてわたしの「豚汁」はこんなにも「上書《うわが》き」されてきたのか。長野の豚汁を思い出してみる。ファースト豚汁。台所の間取《まど》りまで思い出してうなった結果、

「うちで豚汁、食べたことあるか？」

が、出てきた。伊藤家、汁に肉を入れたか？　母、入れない気がするのだ。と、いうことは、どこからわたしの「豚汁」が始まっている？　ん？　今、心の中で「トン」「ブタ」どっちで呼んだ？　きづくとまた、家の中で遠い旅に出ていた。最近どんどん遠くに行ける。

工事現場のお着替え

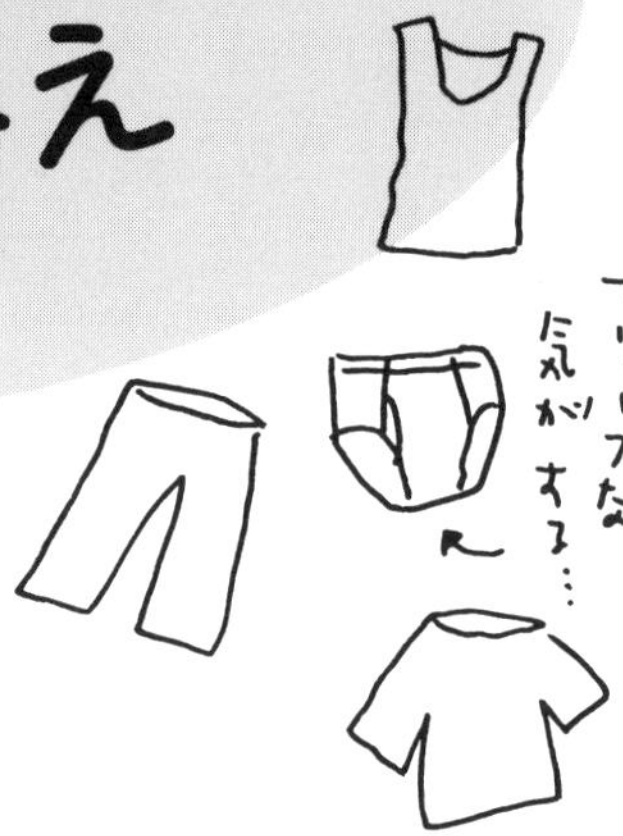

まだ大きい家がなくなって、更地《さらち》になって、今度は新築6棟、建つんだってさ。

時々、児童館に遊びに行くムスメを、夕方10分ほど歩いて迎えに行くその途中の角《かど》が、6棟の工事現場だった。

作業の人たちはいつも、一日の作業が終わって帰り支《じ》度《たく》中で、5時を目指して児童館に行っているので、なるほど、そんな時間なのだった。

金髪の元気な若いオニイチャンたちや、なんか柱を軽々《かるがる》肩にのせそうなオジサマたちが、トラックの荷台や横で、軽くお着替えをしている。上を脱ぐ、くらいなのだが、若いオニイチャンの筋肉な上半身が見えちゃったりして、あら、ま、

「ここ、限定セクシーゾーンや～～～！」

「5時のエグザイルゾーンやで～～～！」

と、一人でふざけていた。

ある日、その「セクシーゾーン」に、黒いテルテル坊《ぼう》主《ず》がいた。見間違いだな、と思ったけど、見間違いじゃなかった。黒テル坊が一人、モゾモゾしている。首から下を「お手製」と思われる黒いゴミ袋でつくった長～い

ケープのようなもの、で、足元まで隠して、お着替え中だった。

「見せない」気持ちが「手品でこれから切られる人」みたいにしてしまっとる。ケープが風になびいてしまい、逆にセクシーになってしまっとる。見せちゃってあわてている。

「マジメ」、なのだろうか。彼がメガネだから、そう思うのだろうか。一人、警備の人なのかもしれない。エグザイルらと距離があるように見える。動きがにぶいように見える。昼、一人で食べている気がする。コイツはワタシ、かもしれない。キレイめコンパに呼ばれちゃった時の美術系のワタシ。友達のライブでノレないワタシ。ディスコで固まるイワシ。イワシになっとるワタシ。黒テルを、二回ほど見た。

今、完成した6棟に、人が住んでいる。なんか外国の町みたいな一画だ。セクシーゾーンだったこと、黒いテルテル坊主がいたこと、大きい和風な家が建っていたこと、知らないだろうなあ、と思う。知らなくてぜんぜんいい、とも思う。

甥(17)と ランドと私

お盆《ぼん》、実家のバーベQで酔っ払って、口数少ない長野の甥《おい》っ子（17）に、

「じゃあ春休み、オバサン（わたし）とお母さんと妹といとこ（わたしの娘）と、何人だ？ 5人でディズニーのホテルに泊まって遊ぼう！ ギャハハ」

と、ふざけたら、甥っ子がぜんぜん嫌《いや》がらなかった。「行く」と。声変わりした声で。ビックリした。オバサンは少しあわてた。10月のカボチャの頃（ハロウィーンのことです）、東京で「春休み、やばーい」と話したら「やばいのはお前だ」と酒をついでくれたランドに詳しい友人が言った。「ホテル予約は6カ月前からだ」と。はい？ ざっくりいうと、少し手遅れだった。もっとざっくりいうと、ランド直営（近場）は品薄《しなうす》、離れたところはまだあるんだけど、距離がよくわからない。まあ、でも、そんな感じで。いいよね、と、甥っ子の母である妹、に連絡すると、

「そういう風に家族で行ったことがあるんだが……」

と。妹の言う事には、労《ろう》を惜《お》しまないダンナサンが、遠くて安いホテルを予約して、運転手として何でもしてくれた。スバラシかった。がんばった。うちのお父さん

は働き者だ。が、たぶん、オバチャン（わたし）にはそういうことを求めていない、と。なんと、甥っ子には泊まりたいホテルがあった。好きなキャラクターがいた。そのキャラが活躍しているところがあって、そっちに泊まりたいと。まさか、そんなこだわりが。若い男を甘く見ていた。ディズニーシーの「シー」が、ABCの「C」だと思っていた事があるわたしが今、どんどんランドに詳しくなる。甥っ子から「5人同じ部屋がいい」とリクエストもきた。そこまだ子供。かわいいぜ。ひとつだけ条件を満たす部屋が空《あ》いていた。

スイートルーム。ツインをつなげたベッドに大人2子供2、そこからの引き出し型簡易《かんい》ベッドに高校生男1、ギチギチ5人。スイートで雑魚寝《ざこね》。1泊、にじゅうごまんえん。わたしはパソコンの前で旅をした。1人で出かけてしまった。

さて、これから甥っ子に、心から謝《あやま》ろうと思う。

「白いご飯の男」

に、注目していた。それは、

「すみませーん、白いご飯ください」

と、みんなの注文ビール、ビールビール、ビールが続く最後に、申し訳なさそうに注文する人だ。「白い」と付けるのも気になった。たいてい焼き肉屋で、だいたい男だった。

「ご飯がないと食えなくて」

と、謝《あやま》る。なのに、どーして声色《こわいろ》が、

「オレって、いい人」

の、発音なんだ？　ああん？　今までウケてきたんだね。言うタイミングも慣れた風《ふう》だな。と、目を細くして「ほほえましく思っています」小芝居をしてきた。しかし、なんと、先日、自分がその「白いご飯の男」になってしまったのだ。

　喫茶店。年上のおねえさん方の多い集まりで、なんだかネイルの話になった。

「今の若い子は～」

な、流れの中、若い方のわたしは、いや～、ネイルやってません、だって、

白い××の女

猫も言ってくれる。
そんなこたー、どーでもいい、と。
それよりアソベ。
それか！ゴハンくれ。
オモチャ（もってくる）

「爪は白いとこ無いくらい短くないと気持ち悪くて」と、発言した。それは本当で、いつも深爪《ふかづめ》に気をつけているのだ。色気のない手。

「オシャレもしないですみません」

な、ノリなのに、

「わたしって、いい人」

の、発音だったのだ……！　ドーン。年上のおねえさん株《かぶ》はあがった。しかし年下のおねえさんが目を細めていた。あああ。わたしも「白いご飯の男」じゃなくて「爪の白いとこ無い女」だったのだ〜〜〜

このような時が他にもあるにちがいない。おにぎりを買う時「梅と、おかか。あと、塩にぎり」と言っているのはどうだろうか。わたし「ツナマヨ」や「煮卵《にたまご》焼き肉巻き」じゃない、の時。3個は食べすぎ。京王《けいおう》駅弁大会で目玉の「蟹《かに》」「雲丹《うに》」に走らない感じは？　地味な弁当が好みなもんで、の時。鮨《すし》で「ひかりもの」「イカ」ばっかりたのむ。だって、好きだから、の時。蕎麦屋《そばや》で「鴨南蛮《かもなんばん》」を頼まない感じ。「せいろ」って言っている時。だんだん、どうでもいい話である。今年もすみません。

サ ケヤメテミタ。

さけやめてみた。

酒やめてみた。

もっとちゃんと書くと「ヨシダサンと自宅での飲酒を一週間やめてみた」だった。な～んだ。と、言われそうですが、うちでは大事件。「先生に『おはよう』言うのは当然」レベルで、毎日酒を飲んでいたから。

肝臓《かんぞう》、ガンマの数値が、偏差値だと東大に三回入れるくらい高いヨシダサンが「一週間やめる」と言い出した。どこの学校にも入れない優秀な数値（一ケタ）のワタシは、となりで一人晩酌《ばんしゃく》……も想像できたけど、その日完全なる二日酔いで、うっかり一緒にやめてみることにした。

三日目あたりだろうか。二人して、リアルな夢を見出す。

「夢、リアル？」

「リ、リアル……」

うちには「夢の話は五秒！（つまらないから）」という掟《おきて》があるのだが、一時解除された。では、わたしから。

「安住紳一郎《あずみしんいちろう》がTBSを辞め、ヨーロッパで始まった戦争を止めにいくらしい。飛行機に一人で乗ったはずが、

機内に薬師丸《やくしまる》ひろ子《こ》が。二人は結婚。宇宙戦艦ヤマトの古代進《こだいすすむ》と雪《ゆき》を見送るように日本中が中継を見ているのだ。二人は死にむかって……　どういう意味？」

知るかーーっ　と角《かど》が硬めの座布団《ざぶとん》が飛んできそうだが飛んでこなかった。ヨシダサンは、自分の夢の方がリアルさでは格《かく》が上、と確信して笑っていた。じゃ、ヨシダサン、どうぞ。

「友達の家で飲んでいたら、いや、それは友達でなく知り合い程度の……」

おお？

「帰宅してリュックの中身を見たら、その家のリモコンが。返さなきゃ、どうやって？　って、焦《あせ》るのだ〜〜っ」

「わたしも夢見たヨ」

ここでムスメが入ってきた。な、なんと、酒をやめた両親に挟《はさ》まれて寝ている小４も巻《ま》き添《ぞ》えか。なになにに？　どんな夢？

「体操着の時、ズボンに手を突っ込んだら、そこがガチャポン」

授業中に出てきたヨ〜と、言う。酒とは。こんなにもナニカ、なのか。もう少しやめてみようと思っている。

に、日本語で！

「に、日本語でお願いします！」と、思った人が、他にもたくさんいてホッとした。

コロナウイルスの件で使われる「クラスター」「オーバーシュート」などの英語が、ツルッとすべって、アタマと心に入ってこない。これは歳《とし》や年代のせいでなくて、わたしの才能、「英語入ってこない力《りょく》」がある。高校生の時「I can」を、「アイ、カン」と読んだくらいの凄腕《すごうで》なのだ、わたしは。先生が消えた、と思ったら、窓の方でこけていた。

しかし、英語がだめで日本語が大丈夫、というわけじゃあない。日本語もわからない時がある。最近では、

「からの～？」

に、心ざわついた。わ、若者言葉？……きっと、だね。「そこからの（何？）」って意味らしい。以下、私↓伊藤　編↓若い編集さんのやりとり。

私「すみません、ラフ、金曜日です」
編「……伊藤さん、金曜からの～？」
私「え？（汗）げ、月曜、完成原稿？」
編「了解ですっ」

おおお。使い方、あってた。

しかし、新しい日本語はだめだが古い日本語は大丈夫、というわけでも、これまた、ない。長年、謎《なぞ》の日本語が。

「すわ、」

だ。①なんとなーく「いざ、」「さあ、」なんだろうな、と思っている。②小説で一回見かけた。③使っている人が周りに0人。④なので、発音がわからない。⑤先日ラジオで「すわ、」と言って笑いをとっている人が。わ、笑うとこ？と発音が思い出せない……

「すわ、って何？」

と、周りの人に聞いている。使い方がわからない。使いたいのかもわからなくなっている。ここまでくると、どうして「すわ、」をわたしが知っているのかが不思議になってくる。長野県諏訪《すわ》郡の出身だから「すわ、」が気になったのだろうか。「すわ、諏訪」って使っていいんだろうか。「いざ、鎌倉《かまくら》」とすごく違う気がするが、どう違うんだろうか。

コロナウイルスにはこれからどんな言葉がつくんだろう。どうか日本語でお願いします。

しむら、うしろうしろーって、ね。
えー どういうイミ？
いつ、言うの？
せ、せつめいむずかしいなー
せまい 庭で七輪、やってみた…

サギさんエロさん

サギとエロはなんだか元気。

サギとエロは早い。

サギとエロは働き者だ。

サギさんエロさん。

新コロナ後、サギさんエロさんのメールがドンと増えたのは、わたしの携帯とパソコンだけだろうか。エロの方がだんぜん多いので「エロさんサギさん」だろうか。

今朝は「福山雅治《ふくやままさはる》のヒ★ミ★ツを教えてあげる」ときた。素早くエロと判断→削除。かかわっている時間が長いと、なんだかアチラにコチラの情報がうつりそうな気がして。3密、ダメ、みたいな。そういえば「3密」って言うと「壇蜜《だんみつ》」って言っているみたいで楽しいのはまたまたわたしだけだろうか。

今朝は「公園のトイレにアナタのアドレスが書いてあって……」ときたもんだ。昼は、サチコさんから熱いLINEのお誘い。

「へ？　サッちゃん（同級生）？」

と、なるが、もうLINEで友達済みだ。セーフ。そして3時のメールでは、びちょぬれだという女の人が一人で困っていた。

偽《にせ》アマゾン君、偽アップルさんからも深刻なメールが。嘘《うそ》銀行からもログインについてのダイジなお知らせだ。

これがホンモノの小学校からのメールとまざる。「緊急」や「重要」に引っかかり、ワタワタしていたのだが、わたしは進化した。エロさんサギさんが、わかるようになってきたのだ。時間にして約2秒。気配がある。気配をちゃんと出している。そこ、ある意味親切だ。

今日は「ジンジンさん」からメールが。

「ハイハイ、どこがジンジンですか」

と、クリッとしたら、ジン（蒸留酒《じょうりゅうしゅ》）のお店からのメールだった。ワインの飲み過ぎで、ゴミの日が恥《は》ずかしくて、ビンが減るように蒸留酒を注文したんだった。よく見たら「ジン専門店」と書いてあるだけ。ぜんぜんジンジンじゃない。ポストにもエロが来た。

「エ　ロ　？」

と、よく見たら、吉田の「吉」だった。字が個性的な人から来たヨシダサンへの封筒だった。うわああ。

なんだかわたしも元気だ。

ヤジさんキタさんの発音で。
おかーさん、ふたりでどこいくの？

「ホエー」

と、聞いたときの、なんていうのか、「はじめまして」感は、すごかった。相手がどこの国の誰かもわからなくて、舞踏会《ぶとうかい》でお嬢《じょう》さんがとりあえず、

「は、はじめまして」

と、ドレスをもちあげるような気持ち。聞くと「ホエー」は、ヨーグルトなどの上澄《うわず》み液、乳清《にゅうせい》、栄養たっぷりの良い汁のことなのだった。もちろん「ほえ～！」と言ってみた。それと同じく、

「ハ　カ」

の、初耳《はつみみ》感。ラグビー試合前の踊りのことなのだった。

「はか？」と、くり返すと、18歳の時、田舎で土葬《どそう》したおじいちゃんがボコッと出てきそうだ。

「ス　カ」

は、ヨシダサンの口から出た。ス、スカ？

「スカってなんスカ」

「え？　スカパラダイスオーケストラのスカだよ～」

知らないのか！　と、教えてくれた。「スカ」はジャマイカ発祥《はっしょう》の音楽のことだそうだ。（そうスカ）と、思った。

そして、

おじぎは ヘタだけど
踊りもな
ちっ…
舌打ちは 上手♥

「マ　ター」

が、きた。学校でPTA会計を一緒にやっているママ友が、

「会計マターですのに、気づかず、すみません」

と、メールで他の係の人に謝《あやま》っていた。つまり、わたしも謝っているということで、（ヤバイ、こ、これは知っとかなきゃいかん臭《しゅう》がする）

と、ググった。「担当」という意味なんだって。「ほえ～！」となった。ホエーとは、（最初に戻る）なのだった。たった2文字の「はじめまして」がおもしろくて、わたしの目と心は「2文字」を探していたようだ。ある日、新聞を読んでいたらでかい字で、

「モ　リ」

「カ　ケ」

が、ふわっと目に入ってきた。一瞬、蕎麦《そば》的な「いいもの」に感じてしまった。なのに、森友《もりとも》学園と加計《かけ》学園の「モリ・カケ」だった。お嬢さんは持ち上げたドレスをストーンと落とし、舌打《したう》ちをした。

「カケ」は一瞬、麻雀《マージャン》の方？　と思ったけど間違えました。「モリ」「カケ」は、忘れないようにずっと言い続けたいですね。ちっ。

今、できた

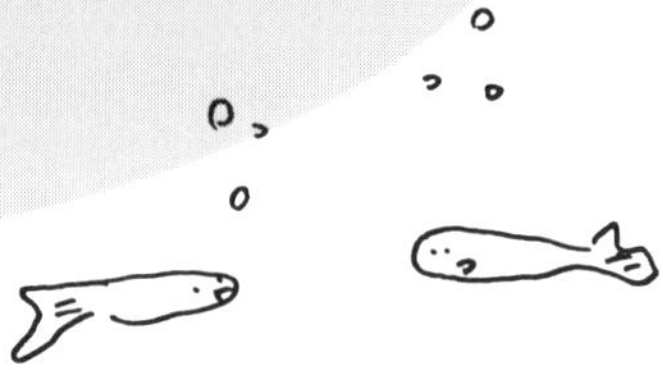

最初はわたし、かわいかった。朝、ムスメを送り出す忙《いそが》しい時間にスキがあり、

「ん？　今、メダカにエサやれるな」

と、思ったのだ。で、庭でエサやったら、ツンツン、メダカも喜んで、1分で用事は済んだ。わたしは朝「メダカにエサをやること」に挑戦し、成功したのだ。

「どっこいしょー」と、一仕事《ひとしごと》だったメダカの餌《えさ》やりが、こんなにすばやく終わるとは。そこから連日「今、ゴミ出せるな」と「今、前から気になっていたツツジに絡《から》んでるツタ（雑草《ざっそう》）引っこ抜けるな」を、立派にやりとげた。

「オオゴトと思っていることは、割《わり》と短い時間でできるのではないか」

を、発見したのだ。それは「今、草むしり」「今、ボタン付け」「今、猫の爪切り」と、続き、あっさり成功した。

この「成功」は、「だじゃれ」を言ってるオジサン、あるいは回文《かいぶん》を考えているオジサンと、使っている脳みそ部分が同じ気がする。気持ちい〜、のだ。

ある日、夕飯前だった。一仕事見つけた。

「今、あの木、切れるな」

葉っぱがやたらでかいだけのヒョロ木があって、ずっと気（木）になっていた。ほら、出た、ダジャレ。2メートルくらいの細い木だ。気づいたら、ギーコ、ギーコ、と、のこぎりで切っていた。倒した木に足かけてるわたしを見つけて、ヨシダサンが、

「夕飯だってのに　庭で木、切ってるよこの人は！」

と、おしゃもじ持って怒っていた。

「今、草履《ぞうり》の底、うてるんじゃないか」

は、朝だった。「すり減っていた草履の底にゴム底をはる」は、2年くらい前にゴム底と釘《くぎ》セット440円を買って、ずーっとやりたかったのだ。

玄関で、かなづちで草履にゴム底を打ちつけて、カンカン、カン。早起きの職人のようだった。そんな気持ちからか、盛大に股《また》をおっぴろげている。なくさないよう、釘をくわえている。釘と目が朝日を浴びて光った。今回も成功しそうだ。

しかし気づくと、わたしはもう、ぜんぜんかわいくないのだった。

んもーっ
ちょっとー
オジサンは
オバサンに
オバサンは
オッサンに
なるのでしょうか…？
あらよっと
カン
カン

「枯《か》れてるよね……」
独《ひと》り言《ごと》だ。コーヒー立ち飲みの台所、北の窓から、低い木が見える。葉っぱ、一枚も無し。みごとに枯れている。ショックなのは、

①今年、植えた木。

②大好きなミモザの木。

③ムスメ10歳の記念に植えた木。

の、3本です、と、来週のサザエさんのような三段オチだ。痛い。特に③。どうですか。

「いや〜木が枯れるって、ほんとーにショックですね」

心は、水野晴郎《みずのはるお》だ。茶碗《ちゃわん》を洗いながら毎日見えるように、と植えた。かわいい黄色い花がポンポンと咲いていた。剪定《せんてい》したのだ。この夏、わたしが。

「どうしてこんなに剪定しちゃいました?」

植えてくれた近所の花屋の旦那《だんな》さんが、見に来て、不思議そうにした。

「ネ、ネットで見て……」

バカみたいな答えをしてしまったが、本当だ。ネットの「思いっきりバッサリやってOK!」の、とおり、バッサリ剪定後、黄色い小さいチョウチョが卵を産んで、

青虫《あおむし》が葉っぱを全食べ。さなぎがいっぱい、こりゃ、自由研究にもなるじゃない?って、ムスメと観察、激写、みんなチョウチョになって飛んでいったあと、あれ? 葉っぱ、はえてこない。一枚も。光合成のこと考えたら、この木はもう……?

　わたしは実家で、

「緑、殺し」

　で有名だった。緑の手、の逆だ。とにかく植物を枯らす。家の中のは全部。サボテンも枯らす。ベランダに避難させても枯らす。庭はさすがに大丈夫かと思いきや、そういえば前兆《ぜんちょう》があった。庭に植えたローズマリーがバタッと枯れたのだ。

「ローズマリー枯らした人、初めて見た〜」

植えてくれた近所の花屋の、こんどはお嫁《よめ》さんの方(ママ友なのだ)が、驚いていた。ローズマリーはすごい丈夫なんだよ、と。剪定したのだ。わたしが。ある日、地球がペッ、と吐《は》き出したみたいに、ぼっこし、根っこごと地面からとれた。カラカラだった。

　じっと手を見る。右手だ。左手のコーヒーが、すごく苦い。

長野の母（77）が、なんだかもう、庭木の手入れしてて土手《どて》から落ちて、もうそれはそれは、大変なことになった。首、胸、腰の骨を折って救急車。お医者さんには、

「車《くるま》椅《い》子《す》になるかもしれません」

と、ドラマのセリフみたいなこと言われて、家族どひゃー。家で介護中のおばあちゃん（99）、家事なにもできない父（76）、コロナで動けない（つーか、長野に来てくれるな、と言われた）長女のわたし、&三女の東京組、長野に住む次女（高3、受験生の母……）が一人走り回るという、なかなかの大ピンチ。手術だ、入院だ、

こんな時のハンサム

どんどん わたし好みの
ハンサムに
なる先生…
だれ？
さぁ…

おばあちゃんの介護施設の手配だ、お父さんのお弁当手配だ、と、オンライン電話でやりとりの中、聞こえてくる単語があった。

「ハンサム」

だ。……。こんな時にそんな聞きまちがいかい。ところが、

「ハンサム」

と、また聞こえたので、ちょっとまった、と、なった。

あのさ、

「ハンサムって何？」

疲れで、左目だけ真っ赤に充血した次女が言った。あ〜、

「主治医《しゅじい》の先生がすっっごいハンサムなんだよ」

車椅子、と言った先生が、ハンサムとしかいいようがないハンサムだ、と。4時間の手術の後、麻酔《ますい》から目を覚《さ》ました母に、

「僕が誰だかわかりますか？」

と、またドラマのようなセリフを先生が言ってのぞきこんだそうだ。その時母が、わかりますとうなずきながら、

「ハ、ハンサム……」

と、言ったくらいだ、と。

そ、そんなに？　今時《いまどき》、ずっとマスクしてるよね？

「マスクじゃかくせないくらいハンサム！」

なのだそーだ。レンジが使えなくて次女に怒られている父にもためしに聞く。

「先生が〜〜？」（疑問形）

「あー、ハンサム！」

男も認めるハンサムか。

こんな時にもみんなが避けて通れないハンサムって、どんだけハンサムなんだ。東京で妄想《もうそう》、すごいハンサムに成長している。母は今、リハビリ中。歩いている。割《わり》と奇跡っぽい。

まさか、おかあさん、ハンサムのおかげじゃあるまいな。

続・あの話してよー

子供は昔話が好きですね②
新車!!
ブキキッ
ねーねー おかあさんて
オバチャン(妹①)にとびげりをしたんでしょ?
クネクネ
ん?
う
とびげりしているところを
見られたんでしょ?
宙にういていたんでしょう?
キラキラ
子供はこういう話が好きですね…
※子供の頃の話です…

「木《き》村拓哉《むらたくや》みたいにしてください」
と、美容師さんに言った時、わたしは大まじめだった。20年くらい前だ。

美容師さんはのけぞった。

「お、男でいいんですか!?」

調べたら25年前だった。ドラマ「ロングバケーション」あたりのキムタクがカッコよくてマネしたくて、25年前つまり25歳くらいのわたしはもう一回「キムタクで」と言った。あわてた美容師さんは、

「キムタクはかっこいい、でも男だし、髪質違うし、量も違うし、顔も違うし！」

無理～～と、言いながらパーマもかけてくれた。もちろんキムタクにはならず「ずっと寝起き」みたいな仕上がり。そんなことがあったヨネ……

と、一度思い出したのが5年くらい前だった。

「うちの母、好きな男の髪形にしちゃうんだよ～」

と、友人が飲み会でグチっていたのだ。

「石川遼《いしかわりょう》を応援してた時サ、ゴルフの」

ある日、突然同じ髪形にしてきたんだよ、と。友人は母にのけぞったそうだ。

「キムタク」から25年

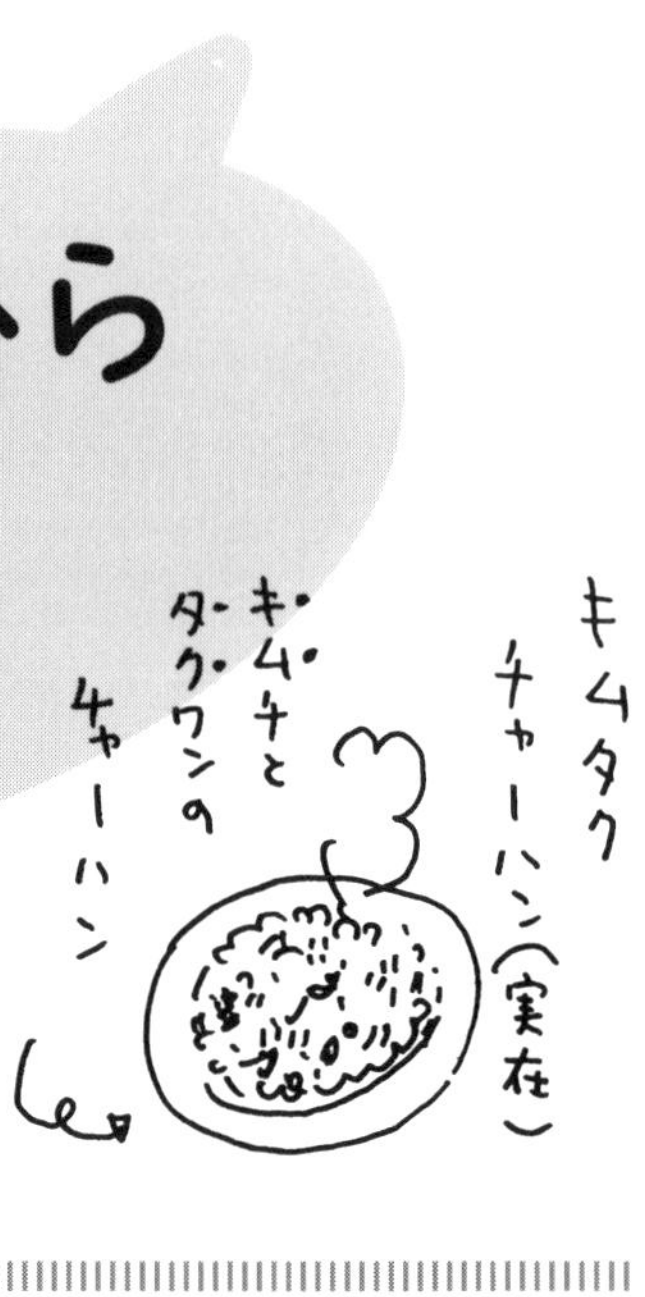
キムタクチャーハン(実在)
キムチとタクワンのチャーハン

「桑名正博《くわなまさひろ》の時もあってサ」

セクシャルバイオレットで小学生の参観日に来てさ、目立《めだ》ってさ、その時ものけぞったそうだ。

「ねえ、なんで好きな男の髪形にしちゃうの⁉」

と。なぜ本人になりたい？ どーいう気持ち？ と盛り上がってしまい、自分のキムタク話は黙っていた気がする。酒はワインだった気がする。

なぜ、2021年の1月、それを思い出しているのか。

年末年始、韓国ドラマ「愛の不時着」にはまって、主役の「ヒョンビン」というカッコイイ俳優さんを見て、同じ髪形にしたから、なのだった。短い。だって「北朝鮮の大尉《たいい》」の役だもんね。軍人だもんね。なぜ。似合うかも、と思った？ 髪質も量も顔も身長も違うのに、どうしてわたしは。

『なぜわたしはカッコイイと思った男と同じ髪形にするのか』

って本があったら買う。来年は、

「カッコイイ男と同じ髪形にしない」

と書き初めする。今年もどうぞよろしくお願いします。

に、日本語タイヘン

夜、布団《ふとん》にもぐるでしょ、ムスメも隣《となり》の布団にもぐっているでしょ、さー、寝るぞ、となったとき、いつも足のとこにいる猫2匹がいなかった。マツ（猫）いない、トラ（猫）いない、部屋には、あーこ（ムスメ）しかいない。

　マツいない、トラいない、

　あーこしかいない。

　と、わたしは言った。マツとトラはいない。あーこは、「いない」と言っているのに、いる。

「に、日本語むずかしーっ」

　と、とびおきた。このように、最近日本語の難しさにあきれている。

「は」を「わ」と読まないといけなかったり、「胡桃《クルミ》」って「胡」は「ク」なの？「クル」なの？と、日本語はタイヘンだが、どの国のコトバにも、きっとそーいうのがあるんだろうなあと、思う。ほんと、世界中おつかれさまです。

　世界のことを先に心配してしまったが、日本国内だっていろいろあるんだった。日本の長野語（方言）に「ずく」ってのがある。どーしても東京語に訳せないことで有名（たぶん）だ。

「ずくを出せ」「この、ずくなし」

と、いう風に使う。「やる気」みたいなことだけど「やる気を出せ」「やる気無い人」じゃない、のだ。「ずく」は「ずく」でしかない。

「ぞろびく」

は、母の地元、九州の方言らしい。ズボンや着物のすそを引きずって歩くことなのだけど、よく使っていたので、ずっと長野の方言かと思っていた。しみじみと、佐賀県と長野県のハーフなのだ。ハーフのわたしが岩手県で、

「こだれでる」

を、耳にしたとき、これは「ぞろびく」のことだな、とすそを見たら、

「腹のところから洋服が出ていることだ」

と、ご指導をうけた。たしかにビローンとはみ出ていた。なおしながら、

「すそを引きずることはなんと？」と、聞くと、

「岩手では、すそは引きずらない」

そうだ。おーい、嘘《うそ》つけ〜。このようにまだ日本でびっくりしている。

君は見たことがあるか

君は「人のズボンの尻《しり》の縫い目が破れた瞬間を真《ま》後《うし》ろから見たこと」があるか。わたしは「人のズボンの尻の縫い目が破れた瞬間を真後ろから見たこと」が、ある。一回、ある。

あれは、中学生の時じゃった。休み時間、体育館、バレーボール、だった。クラスマッチが近くて、クラスの女子と練習。わたしはバレーボールがヘタだった。

「おっ、やってるね！」

熱血S先生が体育館をのぞいた。S先生はなんかいつも、青春っぽいのが、好き。先生はスーツで、出席簿と教科書を持っていたが、

「先生も交《ま》ぜてくれ！」

と、上着をパーッンと脱ぎ、出席簿と教科書をドサーッと置き、キュッキュッと靴を鳴らしてコートの中に入り、ワイシャツを腕まくりして、わたしの前でガッと構えた。わたしもガッと構えた。

「さあ、来い！」

と、先生が腰を入れたその時、

「ビリッ」

と、漫画のような音がコートに響いて、先生の尻が至《し》

近距離《きん》で割れた。尻はもうすでに割れているが、割れた。先生のパンツは白かった。白かった。二回言ってしまったが、白かった。

先生は、一回「1」の形に、ピョンと跳《と》び上がったあと、左手で尻を隠しながらカニのように横移動して、上着と出席簿、教科書をつかみ、体育館を出て行った。

なにがどーしてどーなった、と、みんなに囲まれて、そのあとはヒーローインタビューのようだった。

51歳。あの白い瞬間のことを何度も思い出して生きてきた。記憶はおもしろく変わってしまっているかもしれない。先生は「2」の形で跳び上がったかもしれないし、カニじゃなくてエビのように逃げたかもしれない。でも絶対パンツは白かった。白かった。

とにかくわたしは人のズボンの尻の縫い目が破れた瞬間を真後ろから見たことがある、のだ。あの瞬間に、真後ろにいたのだ。先生のパンツ見た。白かった。わたし、すごい。すごいぞ。大丈夫。さあ、やれる。

さて、原稿を描くか。

ステキな猫さん ぬははっ④

猫は
シンクロして
なんぼ!!

つい、こういうところで猫のことをかいてしまうのですが
フッ
かくとこもなくて…
実は、なんかズルい気がしています…

だって
ただ、フツーに…
かわいいだけだから…!!
うちの猫用語ミ!
ミリつら!!
トラ茶《チャ》ん♥
(茶色だから)
ハラミティ♥
(おなかの肉)
ハラミの発音で
ねこみぃ♥
マッティ♥
(キティちゃんの発音で)
肉球がグミみたいだから…
グミ手♥
(組み手)
トラまぅ♥
(うやまう)
トラカウンター♥
トラピー♥
(セラピー)
ハミティ♥
(はみでてる)
シャケってる♥
(シャケをねらってる)
かわいいをかわいいと言うだけなんて
工夫がなさすぎる…!!

せめて…
猫を飼っている人間として、"猫グッズを集めない"
おきもの
バッジ
おっとアブない
エコバッグ
Tシャツ
"猫のものを身につけない"ようにしています…
ところでうちに猫が一匹増えました…
ニャー
ニャー
ニャー

うちに猫、もう一匹いるよねー
今日も
鳴ってるねー
アハハ
金具
ニャー
ニャー
ニャー
ハンモックの吊るし
どんな猫か話し合い中…
実はさー
アハハ
オレ一生に一回、犬、飼いたいんだよねー
無視しています…
ゆっ
えっ
ごめ…

あとがき の、ようなもの

もーすぐ
デビューして35周年になるのです…
祝
開店
35周年
なんか中途ハンパじゃない？
結婚35周年は珊瑚婚式なんだって
サンゴかー
へー
おいしいシャインマスカットって
一房約35粒なんだそーですね
フラット35…
〈ローン〉
今年53歳かと思ってたら52歳でした…
こんなんばっかし…
2021年 秋 伊藤理佐
ここまで読んでくださりありがとーございます

伊藤理佐（いとう りさ）

１９６９年生まれ、長野県諏訪郡原村出身。デビュー作は87年、「月刊ASUKA」に掲載された「お父さんの休日」。２００５年、『おいピータン!!』で第29回講談社漫画賞少女部門受賞。06年、『女いっぴき猫ふたり』『おんなの窓』など一連の作品で第10回手塚治虫文化賞短編賞受賞。ほか代表作に『やっちまったよ一戸建て!!』『おかあさんの扉』などがある。07年、漫画家の吉田戦車さんと結婚。10年、第一子出産。15年、マツ（メス猫）が家族になり、16年、トラ（オス猫）も家族になる。ここ数年、痩せたり太ったりしていたが60kgに安定。それ太ってるじゃん（身長157㎝）。断酒してたけど酒、はじめる。

ステキな奥《おく》さん ぬははっ 4

2021年11月30日　第1刷発行

著者　伊藤理佐

発行者　三宮博信

発行所　朝日新聞出版
〒104-8011　東京都中央区築地5-3-2
電話　03−5541−8832（編集）
03−5540−7793（販売）

印刷製本　株式会社 光邦

Published in Japan by Asahi Shimbun Publications Inc.
ISBN 978-4-02-251798-2
定価はカバーに表示してあります。

落丁・乱丁の場合は弊社業務部（電話03−5540−7800）へご連絡ください。
送料弊社負担にてお取り替えいたします。

※本書は、朝日新聞の連載「オトナになった女子たちへ」（2019年７月〜21年６月）から一部エッセーを抜粋し、加筆修正したものです。